The Appreciation of My Past Self

有時候我會想起你，然後想起自己

黃俊隆・著

目次

輯一　時間的窗

我的記憶，你的時光

輯二　旅人與他方

你的旅行，是我的中途

輯三 途中日常

折返在你與我之間

穿過十七歲的地下道，

原來出口，

是長大後這端的風景。

二十九歲的夾娃娃機

至今，我仍常想起創業之初的日子，在那個分租公寓，每天靠著一點渺小而不確定的希望度日。

那時我二十九歲，已經失業一段時間，靠著接些案子及微薄存款勉強過活。或許因為過度信奉古人所說的「三十而立」，使得三十歲彷彿成了如喜馬拉雅山攻頂般艱困的重大關卡；也因為對這關卡的焦慮，逼使自己急著做出比別人更早——或者說，更膽大的「賭一把」的人生決定。當時憑著心底一股蠢蠢欲動的強烈力量，毅然決定靠著微薄存款，同時跟家裡及銀行借錢，不顧身邊所有友人家人的極力勸阻，準備年底成立一人出版社。

籌備初期的日子顯得有些遊手好閒，鄰居婆婆一度誤以為我是「無業遊民」。

彼時，公寓樓下有家社區型超市。每

天傍晚，無論晚餐是否需要，總是習慣走到超市閒逛幾圈，佯裝一般尋常家庭的生活步調。超市門口旁擺了幾台投籃機與夾娃娃機，我想起年少時那段曾跟著從事電信業的四叔，到鎮上一些小型公司幫忙拉管線裝換通訊設備的日子。午餐後，四叔常帶我到超商休憩買冷飲，然後興致盎然地流連在門口的各式夾娃娃機台間。他當時的RV車裡堆滿了數十隻各式絨毛娃娃，像是每日出門上工的成績證明。「那些娃娃，看起來既不可愛又廉價，這樣上癮式地瘋狂蒐集，到底有什麼意義？」當時的我心底始終存在著這個巨大疑問。

直到二十九歲，看似擁有無限時光餘裕、遊手好閒的那些日子，儘管手頭存款就要見底，總是在努力撙節各種生活開銷，但每每經過那些投籃機與夾娃娃機，卻總還是忍不住從口袋裡掏出幾十塊錢，玩個一、兩次。說不定那正暗喻著二十九歲的我，其實是過著如賭徒般的人生。

其中一部夾娃娃機裝滿了色彩繽紛、胸前打了個緞帶蝴蝶結的熊布偶，背後有一對白色翅膀。每次逛完超市出來，我總會待在那機台前觀察許久，試著推敲各種角度，判斷是否有容易到手的小熊。後來，不斷累積的經驗變成十拿九穩的統計科學，失手機率越來越小，挑戰性也越來越低。但最吸引人的，其實還是過程中那些陰錯陽差的失手，好比夾子下降就要夾中目標時，正巧卡到洞口邊。那就像是一種人生的機會與命運的賭局縮影。三十元，換一次機會與希望，失敗了，再掏出三十塊，換一次反敗為勝的機會。

後來，為了蒐集滿七個顏色、排出一道彩虹熊，欲望胃口不停擴大，我不再挑洞口邊容易下手的，而是千方百計挑自己收藏中還欠缺的顏色為目標，無論難度、機會高低。

長了翅膀的怪怪熊，坦白說是非常女生的玩意。那時我分租不到四坪大的房間，只擺得下簡單的單人床。一直到搬家那天，床緣已排滿一整排十幾隻七彩翅膀熊。頓時才發現，這些沒有生命的熊，原來是希望與賭注的證據，不知不覺間竟然已經變得像室友一樣，見證、陪我熬過那段徬徨茫然的日子。早失去夾娃娃興趣的我，雖然不知道留著那些熊有何用處，但畢竟曾是一段人生記憶的見證，還是捨不得丟棄，遂將它們都裝進一個大塑膠袋裡，帶到下一個租屋處。

一直到前年，再度搬家之前的收拾，才挖出這只袋子，想起這群曾經的室友。它們始終被我遺忘在儲藏室角落，住在塑膠袋裡，過著被忽略冷落的人生。

「終於可以分手告別了吧？」我在心裡對著自己說。然後僅挑選幾隻送給鄰居朋友的小孩，剩下的全送給社區收舊物的老婆婆。後來，它們的下一段人生，已不知被帶向何方。

前幾年返鄉，發現四叔車上的娃娃也所剩無幾。或許我們都來到了新的人生。偶爾，我會懷念起那些著迷於夾娃娃的時光。透明櫥窗裡鐵臂一次次垂下升起，都意味著試圖在不確定的未來緊抓住一點什麼——雖然下一秒迎來的結局，難免是沮喪與挫敗，但卻都可能是每個小小人生、平凡日子裡的無限希望。儘管不是娃娃控，但對我們來說，這些絨毛娃娃們或許已經是某段人生旅程的友伴，像是在某一段人生旅途新認識後、始終放在心裡的朋友；或也像是兒時那件早不知去向的安心被，曾經在許多夜裡，伴隨自己安心入夢。

FW：——2022

我們總愛寫信給幾歲的自己；直到來到那個歲月當頭，卻又不時回首往事、自我質問：「你是否長成兒時理想中的大人？」不管答案為何，有天我們都會長大，然後開始懷念起當時寫信的自己——那些充滿挫折、困頓、疑惑、焦慮……等待機會，等待「有一天」的日子，是如此天真無憂與珍貴。

始終怕痛的你 02

手臂上的刺青

傷痛往往將人生帶往不同地方。

從小怕痛，舉凡拔牙打針，只要能躲避疼痛，總是拚命忍著隱瞞父母。長大後才發現，躲避一時的疼痛，只會讓傷痛更揮之不去。小時候，為了逃避看牙的折騰，蛀牙牙痛時總是不肯看牙醫治療，寧可等時間到了讓它自然掉落。慢慢地，牙齒一顆接一顆往錯誤的方向生長，違建般歪七扭八地住在我的嘴裡。等上了國中，三不五時就得挨一次痛，補牙拔牙的困擾自此跟隨我到現在。

不知別人是否也是如此？我的人生顯然並未隨著長大減少對疼痛的害怕，所謂的勇敢堅強，只在靈魂深處壯大。一位小提琴家朋友，結束了十八年婚姻後的某天，在胸前刺下一個大大的刺青圖騰。我問他不痛嗎？他只是淡淡跟我說：「比起人生長大過程中那些心理的傷痛，小小的身體疼痛算什麼？一下就過去了。」

每天晨起梳洗，鏡子裡胸前刺青總是不斷地提醒著他：人生曾經那麼地苦痛，千萬別忘記痛的感覺——或許這就是所謂的成長。小提琴家不時試圖說服我、要帶我去刺青，說是作為一種記憶提醒。從小就怕痛的我告訴他，我的人生還不需要藉此來提醒記憶之必要。

被流浪漢偷走行李箱、一個人隻身在紐約的那個冬天後，這個事件如同傷口，在心底每天不時跟我說話，每天都帶來不同感受，彷彿在教我體會不同人生。過程中我不斷努力學習釋懷，試圖忘記傷害。直到那個清晨步出東村地鐵站，那家刺青店映入眼簾。原來只是漫無目的地的晃蕩突然有了目標，我毫不猶豫地走了進去。

我問刺青師傅：「會痛嗎？」他說要看刺哪裡。我接著問哪裡比較不痛，「如果是手臂呢？」他雲淡風輕似地回說，那就只有一點點。那一刻，我心底悄悄下了決定。

二〇一四年第一天，終於，再過六天就要回到台北。對家鄉的思念已不復街頭大雪時強烈，取而代之的反而是對此地依依不捨的眷戀漸漸鮮明了起來。

這晚，紐約下起入冬的第一場暴風雪，一個人在東村 St. Mark 街，低頭寸步難行、狼狽的下雪街頭，我偶然抬頭看見一家刺青店的看板，海錨圖騰醒目地映在眼前。那一瞬間，我便決定要以這個海錨印記為此趟旅程畫上永恆的句點。

走進刺青店，拿著畫家朋友幫忙畫的海錨圖，請師傅幫我刺在左手臂上。我反覆與他溝通，堅持海錨上得有纏繞堅實的纜繩。儘管師傅來來回回修改了二、三遍，最後我還是選擇最初的版本：「因為它比較有力量、堅強。」我笑著跟他說抱歉，隨即背對著他側躺在刺青床上。

為了轉移痛的知覺，我開了話題，問他是否猜得出我為何要刺在左臂？然後自己揭曉答案：「因為我不知道會有多痛，或會不會有什麼風險，而我是個右投的棒球投手，刺左臂比較保險。」他笑著跟我說，如果早點告訴他，他會特別為我刺上紐約洋基隊的圖騰。

聽著電刺聲來來回回畫過身體，我緊閉著雙眼，滋滋聲如記憶般在腦中嗡嗡作響，遺忘或試圖記下的瞬間全都在疼痛的黑暗裡浮現。強忍著如刀割反覆來回畫過皮肉的刺痛，努力不喊叫出聲。一切都將結束。原來身體再怎麼疼痛，都敵不過記憶裡那些揮之不去的傷害。疼痛一下就會過去，但有些傷害就像這刺青，住進了身體裡，注定將跟隨一輩子。

不到三十分鐘的時間，刺青完成，疼痛已去。手臂上泛著血液的傷口，待一覺醒來隔天幾乎都已痊癒。我望著鏡子裡的自己，聽見有些聲音在告訴自己：不管再怎麼渴望航行、幻想流浪，到頭來終究是為了停泊靠岸那一刻。而原來面對疼痛不難，遺忘傷痛卻不簡單。

十七歲的地下道

「泡泡隆同學，近來可好？還有沒有在火車站的地下道，被謊稱生病的阿婆詐騙善心呢？」

網路時代，在臉書上找到失聯已久的同學是件稀鬆平常的事，比較可怕的往往是隨之而來被召喚的一連串遙遠記憶，特別當其中有些早已模糊錯亂、難辨真偽。

「泡泡隆」是我就讀台中商專（現已改名台中技術學院）時，同學習慣叫我的綽號。其源由，或許是因為當時擔任社團幹部的我每回站在台上，總是激動慌亂、講得口沫橫飛所致。若非前些日子在臉書上找到我五專時期友人私訊留下這段話，我早忘了這個名字，以及屬於這個名字的時光；還有它所代表的年少時光裡，曾經對人性感到失望的一段故事。

彼時寄宿在外，幾乎每個週末都要從學校搭公車到台中車站，再改搭火車回員林。從公車站到台中火車站之間，必得穿過一條長長的地下道。那就像是道長形的旋轉門，每天熙來攘往，流轉的過客在其間匆忙過渡。忙碌的上班族與學生穿梭其間，偶爾兩旁會有各種街頭賣藝者表演。我常出於好奇，在他們面前停下腳步、聆聽片刻。某回，有位賣藝者邊彈吉他邊唱著老式民謠、搖滾，偶爾吹起口琴，專注地聽他唱了幾首歌後，利用換歌空檔，我上前將小費投進琴盒中，順便向他攀談從哪來，沒想到就這樣聊了起來。最後，我問他能否為我唱首歌，他刷起吉他便唱了起來。至今我仍無法確定，當時他所唱的那首歌是否是 Bob Dylan 的〈Like a Rolling Stone〉。

如今想起，那與異國陌生人莫名聊起成長心事的片段時光不管多麼荒謬，卻也不難理解，那不安青春的躁動內心，或許只是需要一首歌的慰藉。

某個週六傍晚，一如往常，我下公車，穿過斑馬線準備走進地下道時，匆忙的人潮間，只見階梯上一位手拄著拐杖、身子嚴重駝背彎曲的老太太不時攔下路人，像是央求他們幫忙些什麼。

我走下地下道，卻在轉角停下腳步猶疑了會兒，轉頭看，馬路上的老太太依舊在焦急尋求協助，心裡突然有些不忍。看看手上手錶，距離列車開動的時間還早，於是我轉身往回走上階梯，主動問老太太需要什麼幫忙。

「我家人生病住院，我剛去醫院看他們，現在身上沒錢回家，你可不可以借我二十塊錢坐公車？」我什麼也沒多想，掏出口袋裡的二十塊塞給了她。離開時，一位迎面而來的阿姨大約是看見了剛剛那一幕，上前對我說：「她每天都在這裡，你不要太好心再被她騙了。」阿姨隨口說完便逕自離開。我抬頭偷偷望著方才那位老太太，她仍舊待在原地，不停攔下路人，繼續找尋下一位善心人士。

後來，午休時間與同學們提起這件事，原意是希望不要有同學跟我一樣受騙。結果，「我之前就遇過啦，怎麼有像你這麼好騙的人！」同學們七嘴八舌地一邊說著與老婆婆擦肩偶遇的經驗，一邊嘲笑我的天真，而且絲毫沒有想要安慰我的意思。

我頓時覺得自己好蠢，都這年紀了，還如此容易受騙，並為善心遭到欺騙利用而感到失望自責。

往後人生，我常在心底不停辯證、尋找這世上是否有真正單純原始的善良。

那是詐騙集團尚未橫行，我在踏入社會這個繁華世故大城市之前，一段在純樸城鎮度過的時光，那青澀的純真年代。每回走入地下道、走進火車站前的短暫片刻，總像走進奇幻的魔術時光——就像長大的必經之道，誰也不知道是否有一天，地下道的出口突然就變成截然不同的風景。

當時的我或許已清楚知道，終究我會離開青春蠢動的日子，離開純樸的一切，北上闖進繁華都市叢林打拚求生，一邊適應大人的世界，一邊掙扎、抗拒著不要變成自己曾經憎恨的那些世故邪惡模樣。

穿過十七歲的地下道，原來出口，是長大後這端的風景。

FW：——2022

你經常想起年輕時的單純天真，然後想起現在的自己，是否還留著當時的善良，以為抵抗長大的證據。

曾陪你度過重要時光的　他　04

時間靜止的那天

時間靜止在某年六月三十日。怎麼也想不起時光為何在這天突然安靜下來。

平常，除了逢年過節返鄉祭祖，已經甚少回老家的三合院。國一那年，全家為了我上學方便，決定搬到鎮上，三合院自此無人定居。儘管傳統老舊的磚瓦房如今歷經幾十年歲月風霜後早已瓦翻牆圮。但，那仍舊是我們心中永遠的家——所謂的家，不僅是祖先牌位所在，更是那些曾經收留我們的時光。

每回返家，便是一趟時光的逆旅。

小時候，家中牆上掛著一面斗大時鐘。指針自動運轉，日期則每天得靠人工手動更換。已想不起究竟是誰每天負責更換日期的工作；記憶中，每天晨起只要看見牆上更換好的新日期，感覺就像是自己確實又過了一天的證據。那面指涉著時間的證據，在調皮叛逆的童年歲月裡，成了我試圖挑戰時光的試驗品：像是某個暑假開學前夕，將日期或月份換上任一個回溯的數字；或是在年節到來前，悄悄將日期的數字提前。

在學習面對時光不可逆的長大過程中，那面時鐘就像是個頑皮鬼臉，是我不肯順應時光流逝定理的小小惡作劇。

鄉下的日子，總是遵循著日出而作、日落而息，隨著四季節氣變換的規律，安穩踏實地過每一天。每逢過年，家中總有收不完的日曆。奶奶會在家中四處找牆面，一一將它們掛上。當時我並不明白，一個家，哪需要將日曆掛得到處皆是、如此歇斯底里？後來才慢慢懂得，那或許是奶奶漸漸老後，意識到自己越來越健忘，對時光的焦慮反射。或許是某個傳統節慶將至，想著該做哪些準備了；又或許是聽見一聲春雷後，奶奶坐在老壞的沙發椅上，自言自語地說時間怎麼可能過得如此快，今天又是某個日子。我常想起的畫面裡，奶奶總是抬頭看著牆上的日曆，手指數啊數，確定了日子後，臉上才終於流露出安心的表情。

彼時每天晨起打掃完院子四周後，奶奶總是不忘撕下牆上的日曆，我彷彿還能聽到她輕輕說出：「唉呀，又是新的一天啊。」然後嘴裡細碎念著今天待處理的事情。日子從奶奶手中一天一天確實撕下，當時的我，對於這日復一日的例行工作感到無比新鮮；新的一年到來前，往往預約搶撕日曆第一張沒有日期的封面，親眼迎接新年的第一天。那是兒時唯一的跨年儀式——哇塞，接下來我還有全新的三百六十五天，一個個喜歡的節日又將輪番到來。

隨著年紀漸長，童年這一切令我漸漸感到無奈與徒然。某回過年返鄉祭祖，驚訝於牆瓦嚴重傾圮，我一時好奇，穿巡在後院生滿蜘蛛網的各個房間，試著在角落找尋過往記憶。

意外的是，翻過滿地歲月頹圮荒老的土丘，兒時記憶中的那面大時鐘卻依舊在牆上原處——某某年，六月三十日——上頭的日期與時間，都因某日人去樓空而自此停止運轉。在我們遷離的那段歲月裡，是否曾有如同童年調皮的那隻手，曾經溫柔地將它轉回某個時間？我慢慢體會時間悄然如兒時奶奶日復一日撕著日曆，那理所當然的消逝，已逝的時光及人們，是再怎麼賴皮都不會再回來了。

時鐘上的六月三十日。跨過這天，暑假就要到了，那或許是我最後一個暑假，最後一段青春歲月。時間就這樣靜止在這天，提醒著我長大後的時光，即使時間如昔往前毫不留情，但某些記憶在心底，仍舊任性地停在原地。

FW：——2022

你走過許多時光，好的、壞的，忘掉、忘不掉的，來到了今天，是那些事、那些人，讓你長成今天這樣的你。於是，總有那麼多片刻，你會在心底突然想起記憶中的某個人，突然很想當面跟他說——謝謝你，我很好，我很想你。

喜歡享受獨處的 你

戴上耳機，好好聽音樂

很長一段時間，因為生活步調匆忙，已少有機會能戴上耳機，好好專心聽音樂。曾經我以為，戴上耳機後的世界是最好的獨處時光。

近日為了深夜練電吉他不吵到鄰居，買了一副耳罩式大耳機。但因為用到機會不多，因此常戴進健身房，提高使用率。

我一直不愛新科技，手機裡沒什麼音樂存檔，也不太聽串流音樂平台。聽音樂的習慣始終維持老派：習慣親手將ＣＤ放進播放器，一張一張替換輪流播放。約莫十年前，為了騎車及出國旅行需要，買了當時相當時髦的iPod，將家中ＣＤ一首一首轉存進去。那彷彿是一個新時代的交界，當時的我當然還不知道時代會來到快速便利的今日，我們不僅可以不再依賴傳統ＣＤ，就連轉檔的耗時也能省下；所有歌曲，全都存在網路雲端的虛擬數位世界裡。只要手機在手，便能輕易連上雲端網路，享受數位串流的便利。

不過，為了進健身房時可以隨身播放（以逃離店內公開播放的罐頭式俗濫流行樂），不大使用串流的我再度翻出那台已鮮少使用的 iPod，戴上新買的耳機，彷彿又回到往日那些純粹而安好、躲在音樂世界的角落，不被外界紛擾打擾的寧靜時光裡。

究竟是什麼時候開始，我們都陷入這種連聽音樂都無法好好專心的處境？聽音樂已經從生活樂趣變成工作背景，或甚至僅僅是閱讀時的陪伴。長久下來，音樂的記憶地圖，幾乎再索驥不出任何深刻的聆聽經驗；匆忙間就這樣流失了一整段屬於聆聽的時光。

認真專心聽音樂的那些日子裡，曾經留下好幾段深刻的記憶。只要再度聽到當時那些音樂，腦海裡往往也會栩栩如生地浮現許多過往相關場景，帶我重回往日時光。

「I am your DJ」是二〇〇四年前後，只要是走路、搭公車捷運、騎車乃至旅行時，iPod 最常播放的自選歌單之一。裡頭整理了當時深愛的經典歌曲，包含國語的陳昇、楊乃文、伍佰、陳綺貞，西洋的 Bob

Dylan、The Beatles、Radiohead、Blur、Travis、Suede、Norah Jones……等。至今依舊清晰記得，某個陽光灑滿整個城市的午後，我騎著中部運上來、已有些老舊的機車，在前往書店進行新書會報的路上，「I am your DJ」歌單連續播放了伍佰《樹枝孤鳥》、陳昇《恨情歌》專輯裡一些我喜歡的曲子。

那是創立出版社後，有點茫然、沮喪的日子，耳機裡流洩出的一段段弦律與一句句歌詞，往往帶著我回到離開的那個中部小城，想起當時是懷抱著怎樣的心情隻身來到台北闖蕩。然後，惕勵自己重拾熱情與動力，打起精神繼續應付眼前現實的種種挑戰。在長大變老的人生過程中，我們常需要這樣一種能帶我們回到初衷的提醒。

iPod 裡另一個當時喜愛的歌單是「SCLL」，這是日本獨立樂團 Spangle call Lilli line 的簡寫。每每打開「SCLL」這個歌單，總會憶起兩段不同的旅程。二〇〇七年我與音樂人李欣芸一起前往東京拜訪朋友，TOWER 唱片是我們倆每天必逛的行程，不管同行或各自行動，兩人總是一遇到 TOWER 唱片便忍不住走進去淘寶，一待便是一整天；直到晚上回到寄宿朋友家，便開始興奮地分享彼此的戰利品。那段旅行中，經過李欣芸的介紹，我才開始喜歡上 SCLL 的音樂，iPod 裡的歌曲也是在當時存入的專輯。儘管日後有好長一段時間不再使用 iPod，也因此少有機會再聽 SCLL，但每回只要一聽到女主唱那獨特易辨的歌聲，就會想起那段在唱片行淘寶的時光。

二〇一三年夏天前往東京參加 FUJI ROCK，我終於首度欣賞到該樂團的現場演出。儘管多年後我似乎已不再那麼喜歡他們，但舞台的喇叭流洩出 SCLL 的曲子，仍令我十分激動，那段演出又讓我再次連結回與李欣芸的那趟旅行。

匆忙的日子裡，當音樂不再是生活的主角，不時會讓人懷念起在音樂的陪伴下，能好好一個人獨處的純粹日子。

如今，我還是喜歡購買傳統CD，同時，更變本加厲地聽起古老的黑膠唱片，逃離數位化，走回不那麼精確、卻更多些情感溫度的類比時代。黑膠無法單首或單張專輯不停 repeat，歌與歌之間存在著明顯的換氣停歇段落，同時無法快轉播放。這種播放方式顯然是對現代社會匆忙生活步調的絕佳反抗，學習在唱針一圈圈畫過音軌時，慢慢放下腳步，靜下心來，好好專心聆聽每個音符向我們訴說的一切。

中年大叔困境

近中年，兒時夢想對照今日生活現實，一生似已定調。人生限制越來越多，可以選擇、改變的卻越來越少。改不了太多現實，也難戒掉已成事實的諸多習慣，日子走遠了，難免疲了倦了，於是開始不時想找些新鮮的樂趣——不知這是否也算是朋友口中所謂的中年困境？

近來「大叔」一詞似乎已變成迷人的時尚新顯學，舉凡大叔的休閒癖好、外表裝扮、興趣習慣，都成為網路世界及媒體出版熱烈討論的主題。前陣子與一群久未相聚的出版工作者相約，於台電勵進酸菜白肉鍋敘舊，席間六位男人平均年過四十，包含知名出版工作者詹偉雄、黃威融。沒料到那晚話題竟始終圍繞在：腎結石、牙周病、中年困境、抽菸對身體的影響……這才意識到，不知不覺間，我們都已闖進中年世界，來到近日頗時髦流行的「大叔」圈。

六人裡，有四人有換車困擾或打算，於是熱烈討論起各家名車的特性。我沒有車，對車更是一竅不通，對於他們可以整晚談論車這件事感到十分新鮮。

某攝影師因近日常需環島移動、上山下海拍攝，加上在金山迷上一塊山林地，一有空便前往鄉野農事，頗樂在其中。他近日先是自己動手嘗試將休旅車後座座椅全數拆下、供裝載便利外，更認真考慮改買一台吉普車。某平面設計總監準備換掉開了十幾年的老古董車，正陷入該買Ａ牌或Ｂ牌進口車才好的苦惱；詹偉雄及黃威融聯手不斷鼓吹、分析，一席人差點就要衝動起身前往展示中心一起看車。

設計總監被連番說服得早已暈頭轉向，開始對原本心底屬意的Ａ車產生動搖。「選Ａ的話，明年的火鍋聚會我們絕對不會再邀請你來了。」黃威融加強力道開了玩笑，設計總監睜大眼。

「Ａ車只會讓你陷在中年的泥沼裡啦。」詹偉雄接力此話一出，全場不約而同大笑。有人替焦急的設計總監接著問：「那選擇Ｂ車呢？」

「Ｂ車的品牌力就是永遠能幫你走出中年的困境啊。」現場又是一陣大笑。直到聚會結束，兩位車主究竟該換什麼車仍舊沒有答案。

回到家，我下定決心與遠在美國，之前一直勸我別買 Rawlings 手套的友人聯絡。「我決定了，你年底返台時，可否幫我帶只 Rawlings？」我把當晚聚會過程簡單描述了一遍，接著理直氣壯地說：「我沒車，也不玩車。但到這年紀，總有權利可以選擇自己能力範圍內的興趣吧？比起車子，在我現階段的前大叔時光，只要擁有一只 Rawlings 手套，就能帶給我如同其他那些大叔們擁有一部吉普車、進口轎車一樣的快樂。」

原來不停勸阻我的朋友終於鬆口答應幫我找找，後來也不時透過通訊軟體寄給我他找到的手套照片。我們如同當晚那些大叔友人們討論進口車一樣，熱烈討論起日式、美規等各種手套型號的款式特性、優劣，由於設計、美感、製材各有所長，真要選擇，還真難保證買哪一款會永誌不渝、不會下一秒便始亂終棄。幸好手套不像車子，偶爾想換，在荷包及情感上都不至於太傷。

對從小就愛棒球的我而言，擁有一只 Rawlings 手套，是人生重大的里程轉捩點。過去受日式野球影響，心中喜愛的棒球用品牌始終是 MIZUNO、SSK、ZETT 等日本名款；直到近年來，開始密集收看美國大聯盟比賽，大量涉獵美國棒球相關文化資訊，對美式棒球品牌開始有些不同見解，在我的印象裡，一只 Rawlings 手套幾乎能與大聯盟球員象徵的一切畫上等號。

進入中年大叔的世界前，我的第一只Rawlings手套也將要加入我未來的人生。一切彷如兒時轉大人般的過程，我必須告別年少時對許多事物過於浮淺的迷戀，進入該更加篤定相信自己人生選擇的大叔時光。

無法做好自己的選擇，就無法在似乎就要開始倒數的人生裡瀟灑揮霍。或許，這才是我心中所謂的中年困境。

FW：——2022

終究，有天，你還是買了車。你喜歡一個人手握方向盤高速奔馳的自由，但卻經常想起那則房車廣告——「四十歲後，你是否還能像現在一樣自在？」

人生球場上的殘念

「人過中年，人生大致也定了調，自己是不是哪塊料，心底都已明白。任何事要再回頭追求精進，只會讓自己受挫沮喪。」前些日子與作家詹偉雄聊起近年我又重拾吉他、棒球，並鼓吹他有空一起來玩時，明明有著共同興趣的他，與我分享了為何到他這年歲反而已不再回頭追求當年興趣的體悟。

我的人生當時正巧邁向四十大關，他這一席話讓我不停思考，為何這幾年會開始逼使自己在吉他及棒球技藝上不停追求精進。曾有一段時光，或許就是從青春純真，逐步學習走向世故成人世界的過程中，逐漸學會了自我安慰：「我的人生就是這樣啦，再怎麼努力也不可能變成吉他樂手、棒球選手。別再作夢浪費時間多留戀了，早日醒醒面對真實的人生吧。」然後一步步丟棄心中原本滿滿想挑戰的 bucket list，死亡前的夢想清單，或者，翻譯成近來勵志暢銷書常愛用的書名概念——「這輩子一定要做的那些事」。

我不知他人是否和我一樣，不免把四十歲看成一個中線，將人生切分成上下半場。當我偶爾在腦中浮現過往人生上半場的種種經歷，看看現在自己的模樣，然後想想未來，也不免浮現：「這輩子真的只能這樣嗎？」這心情如同一部暢銷書書名，讓人突然對未來的人生感到驚慌。焦慮茫然之餘，可能更多的是不服氣與不肯認輸。

或許棒球對我來說，便是讓我走出這種矛盾的中年泥沼困境的最佳出口。

重拾棒球，確實讓我學習如何處理人生過往的殘念與缺憾，訓練自己在屢屢挫敗中變得更堅強，好面對人生的不完美。

加入乙組棒球隊後那段時間，棒球成為每週末最重要的行程與生活重心。混在許多從小便是棒球校隊的科班隊友中，從一開始的自我放棄（反正「賢拜」們從小打到大，我再怎麼努力也不可能比得上他們）以及自卑緊張，一直到如今仍千方百計想盡各種辦法讓自己不停進步（找下班後的夜晚練球、找教練上健身房訓練體能……），甚至偶爾浮現一絲會否有一天還可以踏上職棒投手丘的不切實際念頭。棒球比賽過程中的一切，總能讓我忘記現實，抵抗人生在時間洪流中的必然性（時光的消逝、身體的老去），並與自己的身體對抗、與內在對話。人生有了確切往前及挑戰的目標，才可以在不時受挫的中年人生，讓自己強烈感受到「活著真好」的積極熱情，重新燃燒起年少時的熱血。

棒球同時也教我懂得比賽場上自己唯一能做、或者說掌控的，只有把握當下，專注扮演好自己的角色，除此之外都是命運的安排。我專職的位置是投手，能做的就是不停訓練自己在控球、球速、變化球球種與角度上的精進，同時努力培養越來越堅強的心理素質，專注投好當下的每顆球。就如「沉默的王牌」王建民的經典名言：「就一球一球投啊。」那說起來是棒球場上的唯一真理，但毋寧更像人生哲理。

看似簡單的道理，其實做起來非常困難。就如同人生，我們總不免遺憾曾經，悔恨無法把握當下。

我組成的兩支自轉星球棒球隊曾選出一支明星代表隊，首度遠征外地，參加（因比賽張力及熱血程度而被）我們戲稱為「花蓮甲子園」的花蓮縣長盃棒球賽。為了這個盃賽，我與許多隊友認真準備了兩、三個月，最終只上場投了兩個人次，一個人都沒解決，失了兩分便下場。

我以為經過這些年來的歷練成長，自己已經可以面對如此高張力的比賽，卻沒料到最終被那大賽場面嚇得表現荒腔走板。「賢拜，經歷過大場面的投手，站上去一看就是不一樣。我上場時腦中好像一片空白。」下場後我跟表現穩健的先發投手學長一起檢討場上表現，充滿殘念，同時感到無比沮喪。

最後，我們雖打進複決賽，最終還是在十二強止步。輸球就是輸球，雖然有許多事後諸葛可以反辯如果當時哪個過程如何如何，我們可能就不會輸掉那場比賽、會拿下更好的成績。但我真的不太欣賞「雖敗猶榮、已經盡力了」等此般自我安慰，這是一種阻礙進步的比賽態度。把我們淘汰的隊伍最後奪下本屆冠軍，看起來我們離冠軍不遠吧？但其實，還很遠。

棒球運動永遠比的是誰的遺憾與懸念最少。我想，這也是它對近中年的我們如此迷人的地方。

永遠的美國隊長的登場與謝幕

一九九六年四月九日，紐約飄起罕見的四月雪。在現已廢除的舊洋基球場，Derek Jeter 開啟了在大聯盟生涯的第一個正式完整球季。這一年結束時，他獲選為美國聯盟的 Rookie of the Year。當時應該沒有人料想到，此後的十九年，他始終待在洋基隊，並且成為再無人可取代的永遠的美國隊長。

如果那一場紐約罕見的四月雪，加上同樣開啟第一個完整大聯盟球季的投手 Andy Pettitte 的開幕首戰並拿下勝投，都還無法深烙人心，那麼二〇一四年九月二十五日，Jeter 在洋基主場的戲劇性退休戰，傳奇的謝幕劇本，或許就無法不令人難以置信、刻骨銘心。

當七局下半結束，Jeter 擊出超前分，洋基以五比二領先，眼見大勢已定。尖酸的紐約客紛紛耐不住性子，站起身喧亂。觀眾席下層內野區連同整個走道早擠滿球迷，準備見證 Jeter 被換下場、拍下他接受英雄式歡呼的歷史性一刻。直到八局結束，洋基仍以五比二領先，Jeter 一直留在場上，現場球迷期待的 curtain call 那一刻始終沒有到來，眾人默默無奈期待賽後的掌聲致敬。

但，冥冥之中，棒球之神或許確實存在。九局上半洋基竟因對手擊出兩支全壘打連失三分，比賽平手來到九局下半，洋基保有最後半局進攻機會，並且輪到 Jeter 上場打擊。當二壘有人一出局，Jeter 擊出再見安打，振臂歡呼那一刻，在現場球迷的瘋狂慶賀聲中，大家帶著仍不敢置信的表情。

賽後 Jeter 一一和隊友握手道別完，走向場上游擊手位置，在紅土與草皮的交界處深蹲下來。這個他待了十九年的舞台，終再不屬於他。起身後的 Jeter 走向休息室，迎接著他的人群中有先他一步接續退休的 Bernie Williams、Jorge Posada、Moriano Rivera、Andy Pettitte 等過去戰友。

Jeter 離開了球場，身為球迷的我們，也在這一刻正式與當年場上那些偶像球員，一同告別那個一去不返的往日美好時代。

告別——無論球場或人生——不掉半滴眼淚，容易嗎？某次應出版社邀請，與作家詹偉雄對談旅遊文學作家比爾．布萊森（Bill Bryson）的《身體》一書，我提及對運動員來說，比起對身體的自律控制，心理心智（Mentality）是更為艱難的課題。詹大哥好奇問我：「你打了十幾年的棒球，有沒有想過有天得高掛球鞋？那時你將如何料理離開球場這課題？」我笑說，大概連我的隊友都不會關心這件事吧。但偶爾想像那天到來的畫面，我總是笑著淚流滿面——「告別，原來就是滄桑。」如同詹大哥在我出版的《練習說再見》裡所寫的。

Jeter 引退賽，戲劇性的結局，現場滿滿不捨離去的球迷。那一刻，我慶幸自己人就在紐約現場，心中仍深深烙印著賽後訪問時，Jeter 所說的第一句話：「Don't Cry」。

春天的棒球賽

對棒球迷來說，冬天總是特別難熬。不僅因為世界各國職棒相繼於十一月結束球季，美國大聯盟也會在秋天畫上該年度的休止符。也因此，十月的大聯盟季後賽，成了美國人珍貴的時光——不僅許多經年流傳的經典時刻都在此時留下，同時，季後賽一結束，就得經歷一整個冬天的漫長等待，直到春天來臨，棒球才將再回到人們的生活。

連續兩年在美國親身體驗季後賽現場洗禮，對於棒球對美國人生活型態與步調的影響，有了不同的了解與感受。這些年，美東的冬日不時面對一次又一次的暴風雪侵襲，不僅人們的一般生活嚴重受到擾亂，球迷們的心情也如同被大雪幾乎掩埋的球場，無不期待棒球季開打的春天早日到來。

於是，每當二月來臨，儘管大聯盟

三十支球隊的球場大多都還覆蓋在茫茫白雪中，春天逼近的腳步聲已經讓棒球迷們感到蠢蠢欲動。各個球隊紛紛攜帶大批物資集體南遷，前往陽光明媚的亞歷桑那及佛羅里達兩地進行春訓的同時，也有不少受夠寒凍冬日的家庭，跟著喜愛的球隊舉家前往南方避寒度假，同時悠閒觀賞春訓熱身賽。

當春訓基地傳來第一聲木棒擊中球的聲音，全美國人彷彿才終於鬆了口氣：要命的冬天，總算就快結束了。

然而二〇一四年的冬天似乎特別漫長。那些突如其來的告別，不時教人感嘆人生的短暫無常。當所有人都沉醉在舊金山巨人隊與堪薩斯皇家隊的世界大賽系列戰時，卻有位僅僅是一步之差、無緣打進這個所有選手夢寐以求的大賽，但肯定將在不久後綻放光芒的年輕新星，突然離開了棒球場，同時也告別他短暫的二十二歲人生。

我始終以為，棒球賽完全像是人生的縮影，並為此深深著迷；每一場比賽都像是一段獨立的人生。不論是我們這些場邊看球者、或是那些場中拚鬥球員，或許總難免懊悔想像：「如果當時那顆球如何如何，結果會不會就不是這樣了？」

這不徹底正是人生寫照？因為遺憾、因為沒有盡如己願的完美劇本安排，也才如此教人咀嚼、回味再三。

二〇一四年十月二十八日，世界大賽第六戰於堪薩斯皇家隊的Kaufman 球場舉行。皇家隊在二勝三敗已無退路的劣勢下，推出來自多明尼加的二十三歲大聯盟二年級生菜鳥 Yordano Ventura 掛帥主投。外人想必無法明瞭，當時站在投手丘上的這位年輕新秀內心承載著多麼沉重的悲傷、肩上又是如何巨大的壓力——兩天前，在他的故鄉多明尼加，小他一歲、季中才升上大聯盟的好友 Oscar Taveras 與十八歲女友 Edilia Arvelo 在住家附近發生車禍，兩人不幸身亡。

人們或許不免要想，若十二天前，Taveras 所屬的紅雀隊沒輸掉國聯冠軍賽第五戰、遭巨人隊淘汰，是否這場車禍便得以避免？或許兩位同袍好友就此有幸在那一年一起在世界大賽上英雄較勁？

我們不知當晚場上的 Ventura 是否也如是想，但可以肯定的是，他帶著沉重的心情與壓力，試圖化悲傷為力量，為無緣同他一起站上世界大賽舞台的好友投出一場精彩的比賽。最後，Ventura 以主投七局無失分的精彩表現，讓皇家隊以十比〇大勝巨人隊。儘管無從了解那個當下 Ventura 內心的複雜心情，但那晚他的帽子上大大寫下的「RIP O.T #18」幾個字，似乎已說明了一切。

棒球如同人生，終會畫上句點；扣人心弦的永恆在於過程，因為沒有一模一樣重覆的人生與球賽。每當主審一聲「Play Ball」，舉起右手，用食指指向投手，都代表一個全新故事的開端；接下來九局的時間裡，將有許多無限可能的故事，等著被寫下，不停被傳頌。

多年前，我陸續組了兩支以我創立的出版社「自轉星球」為名的棒球隊。幾年下來，我們也有幸在幾場比賽中慶賀狂喜（儘管更多時候是挫折、自責與落寞），但在仍然跑得動的年紀，我們心中永遠期待著下一場新的比賽。

「比賽結束，自轉星獲勝，兩隊敬禮。」每次比賽結束，裁判依棒球文化召集兩隊列隊相互敬禮答謝。「自轉星」，好幾次裁判口誤念錯我們隊名。但我挺喜歡這樣的小小差錯，像則寓言。

我們永遠不知道棒球之神下一秒又將如何戲劇性地安排，會有怎樣令人難以置信的過程與結局。每一回球劃過藍天、滾過綠草地，都好比夜空中閃過天際的一道星光，那沉默一瞬，無論是否被人看見、記下，都仍然如此短暫耀眼，或也將成永恆。

FW：——2022

如果當時——我們常不免想，但人生往往總是差那麼一步，沒有太早，沒有太晚，沒有剛剛好發生的事。

人生減法練習

有些事要徹底覺悟，總是必須在一定的年紀、有了深刻的歷練後。

人生從來都是無可奈何的選擇題。年少時，不需要選擇，只需照著大人安排，偶爾不如己意時便隨意哭鬧，要這要那，對物質與心理的填補，永遠沒有滿足的一天。那時的人生是加法：不斷伸手向世界招攬、盲目地餵食自己。

直到有天，突然開始思考起許許多多事物存在的真正意義，包含有形的物質、無形的情感與價值等，人生才開始走向「斷捨離」的減法之旅。

幾年前出版《孫大偉的菜尾與初衷》一書，講述他三十三歲時，入行廣告第一天就立下的「莫忘初衷，全力以赴」這份自我期許，以及當人生來到菜尾，也就是我們時下流行稱之為「大叔」的年紀，對於過往人生有什麼樣不同的檢視與惕勵。

出版過程中，我們經常聊及他當時的人生心境，印象最深的約略是「人生至此，身邊所擁有的那些物質物品，跟人生一樣都已變成菜尾，卻難免因為戀舊而不忍割愛。但仔細想想，生不帶來死不帶去，人都要走了，還在人世留下這麼多東西給後人添麻煩，又何必呢？」因此，若友人喜歡他手邊某樣東西，他經常就慨然相贈。

當時，我還不大能懂得那對物豁達的心情。

直到近日，再度重拾年少樂趣，回頭繼續學起電吉他。我的吉他老師是個資深知名樂手，平日常與藝人巡迴世界各地演出。我幼時至今，一直都希望能夠有把搖滾經典名琴「Fender」的 Stratocaster 系列電吉他。某日，隨口問起手邊有不少電吉他的他：「老師，你有沒有不用的 Fender Stratocaster 的琴可以賣我？」沒想到他竟不假思索，一口便答應。

我問他怎麼會願意割愛，他說：「到了這個年紀，我常常想，即使每天彈，留下的這些吉他再怎麼彈，還能夠彈多久？不如只留下真正常用的幾把就好。」

若是年少時期，我大概只會這樣世故地質問起他：「怎麼可能？那一定是你跟這把琴的感情不夠深，沒有捨不得的記憶，不然怎麼可能捨得割愛？」

如今，我自己也來到不惑之齡，似乎漸漸能懂得歷經年歲後，看待物與人關係的人生思辨。

人會隨著年歲增長逐漸懂得放下與捨棄，多少來自面對不時突如其來，生離死別的焦慮與徹悟。

某個深夜凌晨二時許，強烈的下腹疼痛逼使著我深夜獨自一人進醫院掛急診。

深夜的急診室異常寂靜，候診室座椅上等候的病患，臉上都復刻著相似的痛苦與焦急。「我已經痛到受不了，能不能讓我盡快就診？」掛完號，我用虛弱的語氣拜託護士。當然，終究也只能在候診室裡乾等。

等到終於喚到我的名字，我全身癱軟地趴在病床上，接受醫生檢查問診。幾分鐘後，人生第一次躺在移動式的醫院單架床上。醫護人員將我的衣物、隨身物品收拾至床邊，我只能懷著忐忑心情接受接下來一切的安排。

在狹小靜默的醫院通道，左彎右拐，醫護人員準備將我推進X光室。「我什麼都不要了，全都還你，拜託你讓我回家。」短短百公尺不到的距離，躺在病床上的我，在心裡不知對著誰，不斷地懇求吶喊。

「能否自己爬到那張床?」醫護人員問。

「我已經痛到完全沒有力氣，但盡量試試。」

費了一番功夫，我終於自己換躺到冰冷的X光床上。強烈的疼痛不安，加上等待未知的醫療審判，迫使腦中不停浮現各種人生前所未有的念頭。前一秒鐘想著:「我還有好多事沒做啊!」下個轉念又彷彿，「人生已沒什麼不能放棄的了。」

終於，檢查報告出爐，沒有明確立即的嚴重問題，只領了紓緩疼痛的藥物後就放行返家，待白天再回醫院進一步深入複診。

就這樣，我也意識到，很快，自己就要來到吉他老師口中「再彈也彈不了多久」的年紀。人生已不再是想得到多少，而是慢慢學習懂得放下與失去。

再見，木棉道

這是一場倒著開的演唱會。

首先開唱的是壓軸 encore 的沿街木棉盛開。直至抖落一地火紅，演唱會高潮已提早結束。緊接著的鳳凰花開，點綴蟬聲綿綿，漸漸以序曲連綿悠揚的姿態，為這一季以「再見」為題的演唱會畫上句點。

曾有好長一段時間，心中一直有個解不開的謎：為何木棉明明在春天盛開，〈木棉道〉的歌詞裡卻有「木棉道我怎能忘了／那是去年夏天的高潮」這樣一句令我百思不得其解的歌詞。今年四月的木棉盛放、春雨時節來臨前，歌曲作者馬兆駿突然驟逝，再無緣親口探求解答，卻在眾多圈內音樂人懷念紀念他的過程中，終於慢慢咀嚼、體悟出這歌詞背後唱出的人生哲理。

我們總以為夏天才是別離的季節，但別離戲碼往往提早在春天上演。大學最後一個四月，原本以為那將是最後一次待在台北的四月。當時即將從大學畢業、預計回到中部的我，徹夜未睡到早上九點，與同學們剛趕完投稿時報廣告獎作品。

當時車行於木棉盛開的羅斯福路上。記憶中晨風迎面微拂，沿街的木棉在藍天下愈顯醒目。

當下瞬間，許多人生片瞬突如其來串聯成篇，來往行人勾動著我內心別離的感傷。抬頭再度細瞧眼前的木棉樹，火紅的花朵在新芽接續長成之際，業已抖落一地亦或枯黃，提醒著這一季別離即將到來。於是，一個人騎著車，不停以羅斯福路中央銀行為起點，古亭捷運站為終點，來回巡繞數程，那如今想來是如此矯情、真實、又如此依依不捨的姿態，以為就此告別青春最美時光。那之後我離開台北，到了左營當了兩年的水兵。

兩年後卻注定再度回到這個城市。只是離開的這兩年，就像一道長長裂縫，狠狠切開了我人生兩段重要時光。

在我缺席的兩場火紅盛宴裡，木棉還依然盛開？吟唱著多少別離的高潮曲目？台北市長換了人，執政黨也換了；有些同學自記憶裡消失再未現身，不用當兵的同學已順利在廣告圈闖出小小成績，而我卻決定不再回到待過近一年的廣告圈，而是如願進入了念書時的第一志願——魔岩唱片。再度回到台北的這八年，每到木棉盛開時節，行走街上不停抬頭仰望枝頭的我總忍不住試圖縫補、拼湊出離開的那段時光裡，這城市究竟歷經了多少我無緣參與的情節？以致往後的人生再怎麼努力拼湊，都接不回撕裂開來的上一段記憶。

每一場演唱會高潮的結束，總是下個演場會醞釀登台的最初起點。每季盛開的木棉，總提醒著我，這一季的別離，或許又將是人生另一段截然不同故事的起點，一如年年春天準時盛開的木棉。

人生便是在充滿無數裂縫中不停縫補編織的過程，最終串成一段完整的成長故事與人生地圖。再見，木棉道，高潮結束之際，又將是下一段高潮的開始。再見，馬爺。

留在味蕾的想念

之一——異國的紅豆湯

「還沒為你把紅豆／熬成纏綿的傷口／然後一起分享／會更明白／相思的哀愁……有時候／有時候／我會相信一切有盡頭／相聚離開／都有時候／沒有什麼會永垂不朽」

這是林夕為王菲所譜寫最膾炙人口的歌詞之一，歌名為〈紅豆〉。人生，任誰都明白，沒有什麼會永垂不朽，如同歌這麼唱。

只是，我們總好奇，橫在眼前的每一個故事的結束，將如何開啟另一則故事。

總在想念的季節，一個人在廚房熬煮一鍋紅豆湯。上千顆紅豆在鍋裡彈蹦爆開，思念亦隨打開鍋蓋時滿溢飄散的煙氣，縷縷蔓延開來。一口口熱騰騰的紅豆湯入喉之際，心中想念的滋味，也往往瞬間由苦轉甜。

直到在倫敦的異地冬日，我才明白由王菲口中唱出的那句「然後一起分享／會更明白／相思的哀愁」，是如此深刻地刻畫出諸多異鄉遊子的心境。

住在英國劍橋學生宿所的那個冬天，與幾個來自海峽兩岸的留學生短暫相聚三日。每天晚餐總是一起群擠廚房，七手八腳地完成滿桌的「家鄉菜」。我無從明瞭、體會那樣例行式的晚餐聚會、菜色，究竟是為了一解鄉愁，或者僅僅是留學生分攤食費的求生之道。

寒冷的二月倫敦，來自中國北方的大樹嘟囔著想喝紅豆湯。身為訪客，晚餐毫無貢獻的我於是自告奮勇，隔天到市區華人商店買了包紅豆，在大家下課用餐前熬煮好。那晚大家用完餐之際，便人手一碗紅豆湯，聊起各自家鄉的種種。大樹的話至今仍盤繞耳際：「等我順利讀完書回到中國，不知老爸是否會同意我與小紅結婚……」小紅是與他一同前往劍橋念書的女友。

一年後，從倫敦學成歸國的朋友口中聽聞，大樹申請學校並不順利，依然窩在倫敦語言學校努力苦讀準備。其他人則已紛紛回到自己的城市或者去了新的學校，有了新的開始。

相聚離開，都有時候。我想像著那間曾漫溢紅豆湯相思煙縷的廚房早已人去樓空，異鄉學子們在各自的城市，在王菲的歌聲中、在紅豆湯沸騰的碎裂聲裡，各自完成一段想念的旅程。

之二——三杯奶茶的友誼

年輕時，在世界各地旅行，不像多年輕旅人喜歡蒐集各式各樣不同造型的娃娃，我頂多是從各地帶回各種不同風味的茶包，作為伴手禮。後來漸漸發現，無論在當地有幾百年悠久的傳統歷史——好比英國的唐寧茶、或法國瑪黑茶，最終，在資本市場品牌全球化及電商潮流下，根本無須再千里迢迢大包小包帶回。人在台灣，滿街林立著跨國超市、賣場，只要進入找找，有時甚至只要上網滑個幾秒，這些曾經難得的異國茶香便隨手可得。

但我仍清晰記得在倫敦偌大街道購買唐寧茶、在巴黎彎彎曲曲的巷道間尋找瑪黑茶的記憶。然而，行李中最特別乃屬印度的「拉茶」茶包。我並未曾到過印度，但為何、又從何帶回印度拉茶茶包？至今已無可考，推想極其可能是某年至東南亞出差的一道奇遇。

印度拉茶為了使奶茶口感更香滑，利用兩個杯子來來回回反覆將茶

「拉」來「拉」去，拉得高高地以製造出豐富泡沫，因而有「東方cappuccino」之稱。但走遍世界無數城市，滋味萬千的茶飲料中，我最鍾愛的還是台式奶茶，特別是台灣各城市路邊不時如雨後春筍不斷交替汰換的連鎖手搖杯裝（珍珠）奶茶。

除了味蕾的偏愛，奶茶更記憶了我青春歲月無數段友誼。

遠在手搖茶飲店尚未如便利商店般，三、五步便逢一家的年代——千禧年前的學生時代，經常與桌球校隊同學在學校球場練一整天的球。結束後大汗淋漓、筋疲力竭之際，便人手一杯手搖奶茶，在球場上或坐或躺，天南地北、七嘴八舌地漫談關於校園生活種種，直至月色冉冉升起，才各自拖著疲憊身軀回家。那時一杯杯奶茶，飲入的或許是一段段不再重來的青春物語。

進入職場後的某回出差，透清早，我與兩位偶爾才在公司碰頭的同事，睡眼惺忪地集合，準備一同搭機。進了機場，遠遠便望見迎面走來的兩人，各都提著三杯奶茶——我們不知為何知道彼此同樣喜愛喝奶茶，不約而同都多準備了兩杯。看見對方手上的奶茶，我們都笑了出來。

後來，在大公司不同部門，三人鮮少有機會再碰頭，但那三杯奶茶的記憶就像留在心中的淺淺微笑，因為人生總是明日天涯。

人生得幸，或許偶爾會有這樣的幸福片刻——你與那些曾經萍水相逢的過客，在如此擁擠又遙遠疏離的同一城市裡，不時一同懷念起那樣曾經相知的默契，與純粹深刻的友誼。

之三——炸豬排的鄉愁

直到冬日將至，我才驀然想起，這一年至今只回了中部老家一趟；連帶想起，這一年幾乎不曾在家下廚宴客。

一個人居住在外，很少有機會真正親自下廚。會宴請好友到家中聚餐，往往是在我想念家鄉菜色的時候。儘管前來聚餐的友人從不知曉我宴客的主因——每次宴客，總有那麼幾道來自鄉愁的菜色，留在味蕾反覆咀嚼、齒頰留香的餘味裡。

其中，「炸豬排」是唯一不管賓客如何重組，必定會出現在餐桌上的一道菜。

小時候，上學帶便當，母親總是在週日夜晚全家用餐後，一個人獨自在廚房繼續忙碌許久，準備家中三兄弟接下來一週帶便當所需的炸豬排。那時，我記憶中的炸豬排滋味是，每天中午從學校蒸便當室拿回的便當打開後，那塊早已吸收過多其他菜色氣味，幾近失味的炸豬排。我當然早已忘記當時對那炸豬排錯綜複雜的味道有何感想，只是今日無限懷念。

長大後，偶爾假日回老家，通常僅是短短兩天一夜的團聚時光裡，母親總會在我將離開的當天一大早在廚房醃肉。除了醬油，炸豬排最重要的關鍵在於大蒜。每每在那清晨半夢半醒之中，我總隱約嗅聞到被菜刀拍碎的大蒜陣陣辛辣，一起浸醃在肉片及醬油的撲鼻香氣裡。到了晚上回台北前，母親總是殷勤囑咐帶幾片炸豬排上台北，吃膩外食時，自己煮個飯配塊炸豬排便可過一餐。

飽餐一頓容易，而鄉愁如何解癒？中學時那經過二度蒸、炸的排骨，早流失了我的鄉愁升級、改版後的新氣味——大蒜。

每回炸豬排，我也只是按記憶索驥，從未問過母親正確食譜工序，也未曾參考網路或書上的教學。每當來訪的友人好奇問及——這究竟是日式還是台式的呢？誰教你的？我總只能笑著回答說：「從記憶中找尋。」

母親或許從未知曉，經常想念家鄉的兒子，這些年在異鄉求生的過程中，早學會了如何複製當年母親帶給他的難忘氣味，藉此療慰自己孤獨的鄉愁。

FW：——2022

記憶一個人、一段關係，有許多方式，
一絲氣味已足夠。但有些人，有些事，
卻怎麼也想不起、留不住。

人生最美的風景

初秋，你從布里斯本回來。南半球的布里斯本仍未入春，卻無北國冬日慣有的寒冷。午後陽光煦煦，在晴朗無邊的天空下，你沿著這座被稱為「陽光城」的河邊漫步，啜飲一杯咖啡的悠然，以及這些年下來不斷重複的異國旅途時光。重複的城市、重複的旅程，卻因不同的人生心境，有著截然不同的感受。

問你喜不喜歡這個屢次到訪的城市，你嫌棄它白日平凡不起眼，卻驚訝於當華燈初上之際，入夜的布里斯本彷彿上演了一場變裝秀，像極了盛裝打扮準備出席盛宴的名媛淑女。你說若我到訪這個城市一定會同你一樣愛上它夜晚的華麗繽紛。我滿心疑惑，好奇地跑去求證旅遊線的記者朋友，布里斯本的夜晚是否真如你所形容地那般迷人。朋友笑著說，會這麼講的人，一定是正在戀愛中吧。聽我轉述你也笑了，原來我們不約而同地正與我們以及遠方的城市談著一場又一場的戀愛。

初夏，我從維也納回來。旅間住進一棟名為「夏之屋」的青年旅館，每日清早出門或者遲至無人之際夜歸，總可以聞到街口那棵樹傳來陣陣濃郁花香，如此迷人。在我們的城市，提及夜間花香，我們想起的非夜來香莫屬。那些旅日，我就這麼莫名地被異國這棵喚不出名字的樹以及環城大道上一排排整齊美麗卻陌生的行道樹深深吸引。在陌生的國度，我們是否對眼前一切擅自憑添幾分浪漫的遐想與美麗的幻影？一如戀愛。在幾個漫步於維也納環城大道的午後，隱身於成排綠樹如蔭的街道與異鄉人擦身而過的當下，我在心中不停反問，為何我們的城市沒有此般動人風景？是我們平日都忙碌而錯過這些？就算有，我們或許也喚不出任何一朵花或樹的名字。

台北轉眼也來到入秋的九月。氣溫逐漸轉涼，漫遊於這個城市的日子裡，我開始注意起一些不起眼的角落。前些日子行經和平東路與民權東路時，突然驚覺兩旁行道樹竟已開起一叢叢略帶淡黃色澤的小白花，遠觀有些近似滿天星，一層層樹皮剝落樹幹無比光禿。這成了我眼中初秋台北街道最美的風景。

我不知台北有多少人此刻同我一樣正享受著這美麗的一切，亟欲與你分享，並求證它真實的名字。你驚訝於平日常行經民權東路的自己卻記不起在哪個路段曾目睹這些已開花的樹。我笑說你的人生視角或許僅有仰角與俯角，只因先天血液裡流淌浪漫，讓你在成長過程中養成了不時抬頭觀望滿天星斗、俯身低頭細看花花草草的習慣，這些視角豐美了你的人生。但一路走來，卻也不免錯過近在眼前的風景。最後你終於想起來樹的名字，說人們喚它「白千層」，民權東路確有此樹生長，卻只在當你回頭張望人生時，才發現是無意錯過的美好風景之一。

你還是繼續不停在世界各地旅行，繼續尋找人生最美的風景。然而，我們心中卻彷彿各自有了答案。世界上最美的風景，或許是你一度在台北街頭突然瞥見、卻忘了名字的蟛蜞菊，或是這個秋天我在台北街頭目睹、最終找到名字的花開白千層。

到處存在的魷魚遊戲，到處不存在的我

我不是我。

*

紐約地鐵上的魷魚遊戲

確切那篇《紐約時報》上的報導如今已遍尋不著，但猶記在上千網友的留言批判中，某篇寫著：「解決流浪漢問題應該是想辦法降低流浪漢人數，而非不斷增派警察人數去處理他們。」

二〇一八年，我人在紐約求學，全球暖化造成極端氣候，那一年的紐約客們「在感恩節披著大衣，在聖誕節卻穿著短袖」——我已經忘了那個像是在南半球過的炙熱聖誕節，但猶記感恩節在零下十幾度中慶祝的酷寒。那段期間，數千名長期寄居紐約地鐵的流浪漢安全問題引起社會輿論廣大討論。

不僅紐約，流浪漢早已是現代全球資本主義階級拚鬥下的弱勢者縮影。在弱肉強食的血肉叢林裡，所謂的上流階層，永遠難同理、理解弱勢者之所以生活困頓的原因。如同《大亨小傳》裡描寫大蘋果的經典開場：「我內心永遠牢記著，在我年幼青澀歲月，我父親便曾勸告我，無論何時，當你批評他人時，請別忘了，那些人並無法和你一樣享盡這世界的一切好處。」

那則新聞自然引起兩造激烈論辯，不少人質疑：「為何流浪漢們不肯聽勸、住進市政府所提供的收容所？」然而，這些人或許未能理解——他們口中的流浪漢多數可能只是害怕，是缺乏信任感、不斷與心理疾病搏鬥的一群脆弱的人。

人生，往往是不得不，而非選擇。「流浪漢並非犯罪」，紐約市府發言人在那則報導中如此說。

有錢人把沒錢人趕出蛋黃區的 Gentrification

二〇一九年春天，陽光普照，五月我便將畢業離開紐約。那段時間，在課餘讀了《消失中的紐約》，一本探討紐約社區及階級變遷的書。文中不斷出現 gentrification 一字，字典上解釋：「城市區域的士紳化、貴族化」，我無法貼切將它轉換成中文具體對應的辭彙意義。

後來和幾個旅居美國的朋友討論，某位已在紐約哥倫比亞大學念了五年博士班的朋友如此生動形容：好比是有錢人把沒錢的人趕出蛋黃區。劍橋字典如此解釋：「一個貧窮的區域搖身一變，成為較高的社會階級居住、較為富有的地方。」

那麼，原本寄住貧窮地區的那群人，將被驅逐到何方？

這個困難問題，就連當今電腦的智慧演算法都會產生 bug 出錯。某位從中部北上工作近十年的友人，眼見全球正面臨嚴重的通膨問題，導致台灣房市房價飛漲，因而興起買房抗跌念頭。原本他大大稱讚臉書投放廣告遠比房仲網站準確許多，但某天，他突然再也不相信臉書：「自從我不知從哪連結點擊了總價逾五千萬的案件後，臉書投放廣告出現的，全變成超出我荷包預算至少二、三倍的天價房子。」

原來，沒錢的人，只要逃離現實社會，住進演算法的虛擬世界裡（即使是元宇宙尚未搭建前），便可能（被視為）一夕致富。

任人宰割的韭菜與少年航海王的奇幻旅程

韓國影集《魷魚遊戲》瘋迷全球，在 Netflix 上創下史上最高收視紀錄。最令人好奇的是，為何連生長在好萊塢影視產業如此發達的美國人都深深著迷？《紐約時報》有篇深度報導如此分析：「如同劇裡的獎金，加密貨幣給予人們瞬間改變人生的機會」「此劇在找不到任何機會從社會出人頭地的南韓年輕人間，造成廣大迴響」。人們在觀劇過程產生心理投射與情緒共鳴，幻想一夕致富，暫時逃離真實社會。

我身邊許多朋友，無論年紀，心理上全活在那篇報導所指的「含著土湯匙長大的世代（Dirt spoon generation，韓國對當今年輕世代的統稱）」。

二〇一九年冬天，我從紐約畢業返台，驚訝發現投資理財竟已成為全民運動。從基金、台股到美股；從台積電、特斯拉，到航海王（長榮、陽明、萬海貨櫃三雄），就連大學生都興起無本生意玩當沖、購買護國神山台積電的熱潮。我經常窩在台大後門復興南路上的某家咖啡館，用餐時，不時耳聞鄰桌台大學生興奮激昂的對話：「某某同學這學期才剛開始玩股票，現在已經賺到第一桶金了。」「我借錢買的台積電，現在帳上投資報酬率已經有百分之十五了。」「照目前的投資報酬率，明年我就可以存到出國留學基金了。」

後來護國神山從最高價跌了下來，再未爬返；今年上半年開始，所有少年股神改道，瘋狂湧進航運股，當起航海王。與其辛苦攀爬護國神山，當個航海王在海上乘風破浪前進，達成一夕致富的夢想或許更快些。

某天，一位三十不到的友人，和我分享他的航海王奇幻旅程。

經過媒體不斷報導轟炸，他也忍不住也跟起流行，開了股票帳戶，當時航運股已經瘋漲一段期間。第一天，他各買了一張已漲至八十幾塊的長榮與陽明，買完內心始終忐忑不安。過幾天，股價瞬間已漲破百元大關，但每天看著手上持股股價上上下下，心臟再也承受不住，便決定脫手賣出，口袋瞬間賺進三萬多元。

後來，眼見股價沿路飆漲，他忍不住不斷找買點進場。膽識愈練愈大，眼看無論散裝或貨櫃，大大小小各家航運股每天接連上演漲停行情，眾人瘋狂地像是百貨年終慶、大賣場搶購。他開始每天分批買進。那段時間，幾乎每天手上的航運股檔檔漲停，一整排至少十檔以上，他開始深信一夕致富並非那麼遙不可及。某日，他帳面上的投報率已超過百分之十五，才一個月不到，獲利已超過一百五十萬元。

那段時間他突然感到價值錯亂，因為過去得來不易的財富竟能來得如此容易且迅速，那麼過往的努力、辛苦賺錢究竟是為了什麼？

後來，眾所周知，貨櫃三雄的股價，在短短不到兩個月內跌了逾五成。朋友原先帳上七位數的獲利，依然停在七位數，只是瞬間由紅變綠、由正轉負，再怎麼當沖、隔日沖、低價買進攤損，都挽救不了他手上斷崖式崩盤的航海王。

人在股市，帳上富貴如浮雲，在尚未脫身前，一切都可能僅是擦身的過路財神。

「這下只能隔代沖了。」朋友從少年股神航海王，瞬間成了任人收割的韭菜。返台近兩年的我，終於明白媒體不時出現的股市術語「韭菜、割韭菜」——韭菜乃堅韌植物，農夫拿刀切斷菜葉，不久便會再長出，泛指被反覆受到壓榨、欺騙還依然執迷不悟的小人物。股海浮沉中，不明真相的小散戶，在股市裡往往淪為替大戶抬轎而不自知。

*

現實生活中的我，從未看過《魷魚遊戲》，真實人生的魷魚遊戲卻每天活生生在我身邊不斷上演；我每日幻想成為股神一夕致富，但事實上，我只是不認命，任人宰割的小韭菜。

我不是我——我是你。

你在弱肉強食的現代叢林裡，無時無刻，看見與我如幻近似的身影。

輯二

你的旅行，是我的中途

旅人與他方

一個人旅行，

是一段自我在孤獨中

試著與人生、

世界重新對話的過程。

旅人的全新身分

旅行，總是可以輕易地給旅人一個全新的身分，並一次一次反諷著真實生活裡那些習以為常、彷如浮雲的日常。

在波士頓遊學那段時光，我以為時間夠長，長到旅程結束的日子不會到來；長到可以不受現實外界的叨擾，一個人在陌生世界找到全新的身分，展開新的生活。但三個月二十天的旅程終究要畫上句點，回頭倒數時才慢慢明白，即使是一個人用全新的身分來到全然陌生的地方，也不會是真正「一個人」；因為身上終究仍背負許多原來生活裡拋不掉的責任與角色。

許多個午後，我做完功課，在哈佛校園草地上邊曬著暖陽、邊打開電腦，只要點開郵件的一個瞬間就會自動切換回現實裡的職場角色，回覆地球另一端同事傳來的信件。異鄉失眠的夜裡，連上臉書，輾轉間百無聊賴滑動螢幕，一則則關於家鄉的訊息常常讓人錯覺自己並未離開。

直到第二週，才開始慢慢適應這座城市的一切，找到相應的生活節奏——一個可以自在進出躲藏的咖啡館角落，才會讓生活有安頓之感。我開始每天在哈佛廣場一間叫Crema的咖啡館點杯咖啡，消磨一段時光，發呆、看書，觀望此地人們，側耳旁聽他們再日常不過的生活對話。

最初來這間咖啡館時，不管已經在腦中演練過幾次點餐的對話句，仍會因無法推敲店員會問到哪些預期外的問題（而我能否聽懂？）而有些忐忑慌張。

這間咖啡店採自助式，點完咖啡後得先留在吧台前，等店員叫名後再自行端到座位，所以點完餐後店員會接著問你的名字。剛開始幾次，我總是下意識直接脫口說出「Huang」，這陌生的中文名字對店員來說似乎太困難，總是露出滿臉疑惑：「What?滑？晃？」最後寫在杯子上的名字幾乎沒有一次是正確的。於是每當店員大聲叫嚷「某某的拿鐵好了」時，我總是不確定那究竟是不是我的咖啡。

某日早晨，我決定換個名字。當店員開口問名字，我堅定地大聲說出「Ray」，才終於感受到自己順利進入了這家咖啡館自有的流暢節奏。

我開始習慣在上課前來這家咖啡館，先點杯咖啡。短短幾週時間，在學校裡，不管老師、同學或自己，都已經習慣了 Huang 這個角色；而在這間咖啡館，店員們與我似乎也有了共同的默契，此時我扮演著 Ray。某個清晨，那個長得就像《艾蜜莉的異想世界》裡的主角，短髮看起來無比機靈的侍者並沒問我的名字，甚至也沒問我要喝什麼，而是主動開口說：「16oz 的大杯熱拿鐵，帶走？」我微笑點點頭。「And your name is Ray?」我笑得更加燦爛，毫不猶豫地大聲說出 Yes。一個異鄉的陌生人，自此有了被認同接納的身分，有了歸屬感，開始融入這座城市。

即將離開前的某個下午，抽了空回到這家咖啡館，想與店員道聲再見。我一如往常點了杯熱拿鐵，一個人默默坐在吧台前，帶著些許依依不捨，這段時間來在這間咖啡館的記憶也在腦中一一浮現。客人來來去去，店員始終忙進忙出，煮著一杯又一杯的咖啡；我突然覺得原先心底準備開口說出的道別彷彿都已是多餘。這個短暫的關係就要結束了。

旅行多麼像真實的人生，總是到一座陌生的城市練習一個人；在懵懂與誤解中練習在一起；在與一切尚未熟透前，練習說再見。而那些曾經未開口說出的再見，往往卻是永恆。

丟掉地圖與地鐵 用雙腳旅行

年輕時旅行，喜歡靠雙腳不停走路；走路到得了的地方，就盡可能不搭交通工具。透過雙腳的移動、穿梭，四處探險，也因而遇見許多景點外的驚喜，或更真實的異國日常風景。那是還沒有Google Maps的年代，每天啟程出發前習慣先搜尋一遍地圖，約略了解目的地的大致方向，確認想前往的地點後，便將地圖收進背包，若非真的迷路，途中幾乎不會再拿出地圖確認。不喜歡手上老是得拿著什麼（不管是地圖或相機），累贅的感覺會讓人無法好好欣賞沿途風光。

那時候的旅行，只要是想去的景點，無論有多偏遠冷僻、不管得花多久時間，總會想盡辦法非得找到不可，深怕因錯過而遺憾；為了滿足對一座城市的好奇，也會單單只是四處散步，晃蕩一整天。好比那年巴黎，從羅浮宮沿著塞納河走到凱旋門，邊欣賞沿途風景，近五公里的路途幾乎沒有停坐下來休息。在細雨中，再繞不同小路慢慢走回羅浮宮。如今回想，連自己也感到有些不可思議。當然，當時並非不感覺疲累，或許只是因為還年輕，對旅行仍保有強烈的新鮮感與好奇心，探索的強烈渴望戰勝了生理上的疼痛疲憊。

慢慢隨著年紀增長，後來我的旅行幾乎沒有非得到達不可的地方，因為最難忘的經驗往往不在旅遊書上的景點，而是行程外的插曲帶來的驚喜。於是，我開始不再追求地圖上的景點蒐集，而是帶著走晃到哪就看到哪的隨性；景點，錯過就算了。我發現自己無法再像那年的維也納，只為了看遍與貝多芬有關的大小景點，反而在山城小徑裡迷路一整個下午。

二〇一三年在美國波士頓遊學的三個多月期間，深深感受到丟掉地圖、地鐵，靠雙腳、雙眼來畫自己的地圖、認識一個城市這種年輕時的旅行方式，已經離我越來越遠。偶然與提供寄宿的友人聊起，在波士頓常走不到幾步路便得找地方歇歇，無法順著內心渴望一口氣逛更多地方，朋友總是帶著安慰笑說：「波士頓很小，只消一個週末就會逛完啦。」即便如此，我還是為了體力不再足以支撐長時間行走、無法靠雙腳探索旅途細節而感到洩氣。

波士頓，就一般觀光客的角度來看的確並不大，跟著旅遊指南裡的觀光景點，確實一、兩天便可逛完。但這座歷史悠久的古老城市當然不會如此淺碟無趣。只要繞進巷弄，就常能有各種令人驚喜的意外收穫。因此，若想真正認識、享受這個城市的優雅風華，就得花些時間，放慢腳步耐心探索。

剛到達的前幾天，可能是初來乍到的強烈好奇心，還可支應我刻意不搭交通工具，漫無目的、用雙腳走遍各個街巷，閒晃一整個下午；即使疲累腳痠，也不願意找地方暫時歇息。幾天後，好奇心再不敵身體的疲憊，每走上一、兩個小時，便想找地方坐下來，單純只是喝咖啡、看書、發呆、看人群。或者，搭上地鐵，到某個熟悉的地點鬼混。

後來，住進紐約，天候轉入嚴酷寒冬，更不再是能到處閒晃的季節。離開紐約前某晚，我充滿疑惑地對房東說，在這裡雖待了有一個多月的時間，卻幾乎想不太起來去過哪些地方。「大概因為你只記得你總是在街上走著，但天氣太冷，馬上便又找個地方躲進了室內。」他大笑說著。這句話，像這段旅行的縮影。

儘管體力已不若以往，卻也常慶幸，幸好我在人生還走得動時出發來到這裡，也總想起布魯克林大橋上難忘的那一幕。

布魯克林大橋，對來到紐約的遊客們有著重要的象徵性意義。無論晝夜，橋上總是擠滿來自世界各地、前來朝聖的觀光客。那個傍晚，我走出地鐵、上了橋，往布魯克林那頭散步走去。橋上遊客一如往常絡繹不絕；偶有觀光客要人幫忙拍照，也有紐約客一邊慢跑、一邊吃力地閃避人群，從身旁經過。我獨自在零下低溫中走著，不知不覺已接近橋的盡頭。右手邊是夕陽將落前的美景，吸引許多人駐足拍照。

嬉鬧人潮中，有位老婆婆安安靜靜地坐在輪椅上，一位背著背包的女子推扶，兩人打扮就如同一般遊客。她們停在原地望著夕陽許久，老婆婆臉上始終流露出若有所思的神情。我原以為她們只是稍作停歇，接著便會隨其他人一樣往前繼續走向橋的盡頭，不料女子卻緩緩轉身掉頭，推著老婆婆往回走。儘管無法解讀剛才兩人的心情，但在夕陽中望著她們漸漸遠去的身影，我的內心卻感到激動無比。

日本旅行作家澤木耕太郎曾形容，年老及貧窮是旅行的兩大敵人。我們常想「等某某時候再去也不遲」，但往往到了那時，現實早由不得我們。在旅行感受到力不從心的那些無奈時刻，使我更加確信，人生渴望的事——包含旅行，都得趁早在我們還有足夠力氣與熱情抵抗各種現實條件時出發，去想去的地方、做想做的事，盡情看不同的人生風景。

我不確定自己年老時是否還能像那位老婆婆一樣勇敢，但那布魯克林大橋上的背影時時浮現出來提醒自己，在人生被年老、貧窮及所有現實的身不由己趕上之前，能跟她一樣勇敢起身出發。

FW：——2022

看遍世界景色，體驗所有你有興趣的生活，終究不可得，但年輕時，你總帶著好奇，期待每個明天；渴望出發，抵達一個又一個遠方。

旅行蒐集癖

從波士頓、芝加哥、紐奧良再到紐約的三個多月旅程，沿途蒐集了各式各樣的印刷品：城市的老地圖、Neil Young演唱會海報、紐奧良傳統活版手工印刷地圖……總計不下二十張。這些小東西讓我一路小心呵護，深怕造成任何的壓損皺褶。

我喜歡在旅途中蒐集各種獨特紀念品，以藉此留住一段時光，延續某些記憶。如同電影《歡迎來到布達佩斯大飯店》裡，昔日的小門童季諾，年老時堅持守住這座繼承自老門房總管葛斯塔夫、在戰亂中早已頹敗的老旅館，只為不肯忘記曾與烘焙師女友阿嘉莎在此度過的一段美好時光。

「有機會到紐約，一定要到卡內基音樂廳聽音樂會。」多年前某位音樂製作人朋友到紐約放逐一段時間回來後，認真地叮嚀我。而恰好在離開紐約前的最後一晚，搶到了索價不菲的黃牛票，才終於有幸在卡內基音樂廳看了 Neil Young 演唱會首演場。

當晚演唱會結束後，大廳擠滿了人，混亂地搶購紀念海報。第一次如願進到卡內基音樂廳，加上因為是 Neil Young 的表演，因此儘管設計我並不喜歡，還是跟著排隊搶到一張。由於是以厚磅數美術紙印製的海報，捲起來用橡皮筋綑住後仍是大大一卷，只能抱在腋下。走進地鐵站，見到一位老美手上同樣抱著一卷，隨口問他是不是也剛聽完 Neil Young？喜不喜歡今晚的表演？他綻開笑容說棒極了，還意猶未盡地邊哼了幾句。這些記憶彷彿全烙印在那張海報裡，至今每當我不經意瞥見它，那晚的一切便又立刻浮現腦海，依舊無比清晰。

另一個騎著腳踏車在紐奧良小巷四處晃蕩的下午，不經意遇見一家幾天後才將正式對外營業的傳統活版印刷工作室。三位年輕女生自己負責設計，用活版印刷印製各類卡片、紙製品販售。店裡有台一百多年的活版印刷機，印了幾張伊利諾州地圖擺在旁邊。我好奇問這些有販售嗎？她們猶疑討論了一會，說是還在打樣嘗試階段，顏色及印刷壓力輕重還沒有辦法調配平均，對成品還不滿意，不願意拿出來對外販售。不過見我臉上帶著些許落寞，便說若真的想要，可以讓我帶張回去紀念。我滿懷感激地帶走一張。同樣也是厚磅數的紙張，不僅無法捲得太緊，在捲的過程中亦不免留下一些折痕，因此接下來在城市與城市移動間，我總是想盡辦法小心翼翼地做好各種保護。

準備返家的前一晚，打包行李時，望著大大小小多達六件的行李，心裡有些懊悔當初為何要買下多達十幾張的海報與地圖。因為擔心不小心壓損，我硬是不肯把它們擠放進行李箱，堅持裝在另一個手提袋中小心帶著。

紐約回台北的班機上，手上提著大包小包行李的乘客早已將機艙置物箱塞滿，空服員不停忙著挪擠出新的擺放空間。待我好不容易塞完所有行李，唯獨手上裝著厚厚一大卷海報的提袋，遲遲不知該往哪放好，深怕任何擠壓，這一路的小心保護便功虧一簣。

後來一位空服員主動前來幫忙，好心地接過我手上海報，將它們帶到機組員的置物櫃代為保管。這個看似只是隨手之勞，卻讓有著蒐集癖的旅人充滿無限感激。沿途風塵僕僕、好不容易蒐集到的地圖與海報，也因此又增添多一層特別的意義。

如今，旅途中那辛苦蒐集帶回的，儘管早已失去當時非得蒐集留下不可的渴望心情，卻總會在某些生活縫隙，帶我重回曾經的某些時光，彷彿旅程仍未結束。

中央公園棒球場

紐約九月底的天氣十分舒爽怡人。午後我漫無目地閒晃，來到中央公園的棒球場。這裡共有五座球場。有的裡頭看得到小朋友們正結伴練習玩耍，但也有一座球場恰好正進行著熱鬧的比賽。

大好的陽光，加上初抵的時差，我原來只是百無聊賴地坐在比賽場外的椅子上閉目休息，偶爾聽見場上激烈的叫喊聲才張眼看看比賽狀況。場內打的是慢速壘球，兩隊平均年齡也至少有五、六十歲，但場上的拚鬥精神卻不亞於年輕人打棒球，不料慢慢看下來，比賽超乎我預期的精彩。

這些上了年紀的老球員，打起球來仍像小孩子般，不僅會為自己的精彩一擊握手奮力吶喊，也會為自己一個不小心的失誤大罵三字經，甚至怒摔手套。他們打球的熱血拚勁教人感動敬佩。強忍著時差睡意，我努力張大眼睛，決定好好欣賞場上的戰況。

吸引住我目光的是一位看來近乎七十歲高齡的三壘手。他的腳上穿著傳統高吊襪，站在場上有著殺氣十足的氣勢。瞬間，我聽到鏘一聲，是鋁棒擊中球後響亮的聲音，只見三壘手老爺爺飛身撲向二壘方向，靈活地將球攔進手套後迅速起身，俐落地傳給二壘手踩壘後再傳向一壘，演出完美的雙殺守備。然後老爺爺大聲為自己喝采，邊快步衝回場邊休息室，邊與隊友擊掌慶賀。

這畫面深深留在我腦海中，一邊心生羨慕，一邊也暗自在心底想——當我活到那位三壘手老爺爺的年紀，對人生是否還能保有一樣的熱血與拚勁？

短暫在紐約停留兩天，我便前往波士頓。再回到紐約已是十二月隆冬時節。當我再度走到中央公園棒球場，發現球場已經全部關閉，將休息一整個冬季。儘管明白這是每年例常的冬休，但我仍呆立原地，有些失落。眼前中央公園裡樹梢葉子幾已掉光，只剩零星幾片泛黃枯葉，提醒著美好的夏日時光已去。我在球場邊懷念起那群不經意邂逅的壘球老爺爺們，期望能再看一場他們的比賽。也許再沒機會了吧？

負責打掃中央公園球場的管理員正好開著環境整理車經過，我央求能否讓我進入球場拍幾張照片，並允諾很快就離開。他勉強點了點頭。

幾分鐘後，他見我仍在場上不停按下快門捨不得離開，便大聲嚷吼，要我快走。我賴皮地拜託他讓我在地上再寫幾個字，寫完拍個照就會馬上離開。他不耐地走向蹲在投手丘上正用手指在地上寫字的我。正當我以為他就要破口大罵趕人，他卻在我身邊蹲下，看著我寫的幾個中文字，滿臉好奇地問我那是什麼意思，為什麼要在地上寫下那些字？

我對他說，「自轉星球」四個字是我公司的名字，我來自台灣，在我的國家我也有支叫自轉星球的棒球隊，我是隊員之一，守備位置是投手。

這位老美瞬間變得有些激動興奮：「那你為什麼不來美國打球？來美國啊，賺美國錢，很快就可以變成一個富翁了。你們國家不是有個叫王建民的曾來過我們紐約打球？也有很多日本人啊，快來吧。」他帶著半開玩笑的口吻不停問。我笑著說：「我也希望，但只要有機會在中央公園這裡打幾場球，就已經心滿意足了。我會央求你讓我進來拍照，其實是懷念九月時在這裡看過一群老爺爺的壘球賽，他們的拚戰精神讓我留下難忘的深刻印象。」老美聽了安慰我說，以後有機會夏天再來吧。

後來，我拜託他站在我寫好字的投手板前讓我拍個照，他舉出右手自然地比出稱讚的「一」的手勢，臉上露出相當燦爛的笑容。拍完照我終於甘願離開了，他主動問我是否逛了中央公園的其它景點，有沒有去草莓園、雕像區，然後好心拿出身上的中央公園地圖送我，還邊指著地圖熱情地告訴我，一定要去哪些地方看看。

這位管理員在鏡頭中留下的燦爛笑容，以及腦海中秋天那群打壘球的老爺爺們的身影，如今還深深烙印在我心中。旅行中，陌生人一點點小小的善意、微小不經意的平凡邂逅，往往是旅行結束後最難忘的風景。

紐約台北，兩段航行

紐約快到了。

機艙裡冷得要命。我全身緊裹著毛毯，為了適應降落紐約時的黑夜，全程未眠。也因此，難得地在飛航途中好好認真讀完一本書。

「說起台北的春光，巴黎的燈火。說起寂寞的旅程、鏡頭後高壓內縮的創作之心，與咬在身上一輩子的怪癖。」一書寫《寂境：看見郭英聲》的黃麗群這麼描寫這位性格獨特的攝影家。郭英聲一生寂寞、怕熱、怕人群，無法參加有三個陌生人以上的聚會，卻又熱愛旅行以及旅行中的偶然。

「旅途中充滿偶然，你知道自己要去哪裡，但你不知道自己將被帶到哪裡。所以我喜歡旅行。我喜歡把自己拋擲在寂寞的公路上滾動。」郭英聲童年最早的記憶亦是一段段充滿思念的迢迢旅程，旅歐的聲樂家母親不時從巴黎、羅馬、倫敦等地捎給他明信片：「年紀很小的時候，我已明白了思念與分離。我已經明白這張明信片是從媽媽那裡來的，飛了很久的時間、很長的距離才到的。但我無法搭乘它飛去媽媽身邊。媽媽的雙手也握過這張明信片吧。我好羨慕這張明信片。」

闔上書本。此刻，我究竟置身在哪段旅程裡？我問自己，為何要一個人在短短的一年裡，再訪美東？

此刻腳下的燈火點點，是曾經那個冬季，日夜不停穿梭其中的紐約。

*

台北快到了。

半夢半醒四、五個小時後醒來，機艙裡仍是一片暗黑，彷彿全然地沉浸在熟睡的夢裡。

想著要到廚房去打擾要杯咖啡，腦子卻昏沉遲遲醒不過來。此刻空服員友人正巧送來一杯溫熱的拿鐵。「剛剛有睡好嗎？」簡短的禮貌寒暄。「……若你有什麼需要再隨時來跟我說。」說完他轉身回廚房，準備為乘客們打理早餐。

紐約起飛前，朋友傳來簡訊，說班機上正巧有他的空服員朋友，已請他在飛行回程多加照顧云云；接著我們互相開起玩笑：都幾歲大人了，現代航空服務業如此便利、服務周到，哪還有什麼需要特別照顧？然而，一個人旅行中不時襲來的孤寂感，是難以言說的；特別是長程的飛行途中，密閉的窄小空間，擠著三、四百個陌生人，還有一個人即將抵達陌生城市的不安。有時突如其來的情緒溢滿內心，亦無人可訴、無處可逃。

從小生性內向的我總是害怕與陌生人接觸交談，這些年來為了應付工作所需，談吐應對得禮已成必然生存能力。然而，也許在內心裡，我終究仍是那個逃避說話的孤僻小孩——除了偶爾寂寞時候。漫長飛行途中，有位雖還稱不上朋友的朋友，心理上仍多了些安心。

睡前，胡亂看了兩部電影。看機上電影時全程未戴耳機，劇情無聲進行，寂靜的飛行之夜，耳邊只有飛機引擎轟隆轟隆規律響著。

一直不喜歡在飛行途中看電影，有時不得已為了殺時間點開，也常習慣不戴耳機；因為不喜歡一個人清醒著，卻無法清楚意識自己究竟身在哪個時空裡。紐約、中國、西班牙……不管城市場景如何在眼底流轉變換，心底始終明白，我已結束一段旅行，正在回家途上。故事終將如同旅程，留在遠方，而我就快結束旅行，回到現實生活，自己的家。

> 那些遠方擦身相遇的人，旅程結束後，究竟還會在我們的記憶裡存在多久？

*

上一刻，我仍在華盛頓DC灑滿陽光的旅人房間，再度醒來卻有些不知自己身在何處。清晨裡，揮去旅途顛簸帶來的嚴重惚恍，收拾好重重的背包客行囊，揹起就往地鐵站方向走去。儘管準備搭車回紐約，卻在購票機前呆立許久，略帶凝滯的腦子始終無法搞懂單程票該如何購買，車資又是怎麼計算。向入口閘門旁的站務老伯伯求助，他緩緩走出票務室，轉身鎖了門。「你有多少時間？」他問，似乎明白我並不急著離開後，用極為緩慢的動作及話速，一個步驟、一個動作，像教三歲小孩似地，耐心「教」我如何購買一張前往聯合車站的單程票。

取了票準備走向月台時，老伯伯從上衣口袋慢慢掏出一張百元鈔票，亮在我面前：「這是你們台灣的一百元吧？美金三塊，我朋友跟我說的。」我當場愣住，問了才知他有個住在台灣的友人將這張鈔票送給了他。

日夜看著乘客進站出站的華盛頓地鐵站務員，為何會始終將這用不上的異國百元鈔深藏在上衣口袋？原來老伯伯心底一直惦記著，有朝一日要到台北找他的朋友，這張紙鈔曾經的主人。「我得先想辦法請假，或許，待個六週吧。」他帶著滿滿篤定與期待的眼神。「秋天來吧，秋天，是台灣最舒服的季節。」我邀請他。

「台北見。」老伯伯幫我刷了票，在票口與我揮手道別，不時叮嚀：「記得在中國城站轉車，出車廂時往左轉。」

在旅行的過程中，匆匆邂逅的善意巧遇，留下的或將成記憶一輩子的最後道別。

「然而旅途終究是非常寂寞的。一個人走在沙漠，一個人走在海邊，和一個人走在大城市，那孤獨是同樣的多。」《寂境：看見郭英聲》裡這麼說。

我總喜歡獨自一個人的寂寞旅程，身體某處總會敏感地記下曾經那樣幽微的光景，一次又一次與人及城市偶然的奇遇邂逅。

FW：——2022

你常想起旅途中邂逅的陌生人，想念故事中的你和他，然後在各自的城市裡，祝福彼此在現實的日子裡——各自安好。

三十歲女生的快樂宣言

二〇一三年，我在紐約時認識了Kathy，她是我當年在紐約租處的小房東，來自墨西哥，當時剛搬到紐約才兩年多，在奧美廣告擔任ART。雖然年紀輕輕才三十歲不到，卻已隻身闖遍柏林、阿姆斯特丹、倫敦等世界大城市，曾在歐洲旅行五年，邊旅行邊工作。

或許是先天個性使然加上豐富的人生閱歷，Kathy身上帶著有別於同齡女孩的機靈與成熟。對任何事總有說不完的獨到見解。相處近一個月的時光裡，她常聊起在紐約生活的種種。

「Y&R年輕女性員工過勞猝死」，某個週日午後閒聊時，Kathy在Google上輸入一串關鍵字，突然給我看這則新聞。

Y&R是家全球知名的大型廣告公司，與智威湯遜、奧美廣告、傳立媒體等大型公司同樣隸屬於全球最大的WPP傳播集團。一位在馬來西亞Y&R廣告公司擔任文案的女孩，在連續工作三十個小時，喝了紅牛（機能性飲料）後突然猝死。生命停留在二十四歲的青春年華。

在台灣，廣告圈因工時過長而年輕猝死的新聞早時有所聞。每當談論到此類話題，身邊廣告圈友人總難免要感嘆客戶的無理要求，以及廣告業不健康的工作環境與惡性循環的生態。

但Kathy跟我聊起這個新聞，不是為了嘮叨怨懟，反而是想告訴我她對廣告的熱愛，及要去倫敦做一輩子廣告的決心；她聊起紐約廣告圈的生態，滿滿的工作總是塞得她覺得非常噁心。每到週末，只想一個人窩在家裡好好放空、放鬆，賴在床上，用蘋果筆電看一整天電影。

儘管如此，她還是喜愛廣告這個工作，喜歡一邊在喜愛的城市間流轉，邊旅行，邊工作。

Kathy小時候學過鋼琴，初認識時，她正剛開始學電吉他不久。忙碌的她除了工作之外，週五晚上在大學教課，平常還固定學跳Swing。剛搬到這裡時，Kathy總是忙到凌晨兩、三點才回到家。後來才知道那正巧是學校學期的最後一周，期末的工作量壓得她快喘不過氣來。我很驚訝在廣告公司的工作狀態下，她竟還能保有如此多精力及閒餘時間，盡情享受自己的人生興趣。

從 Kathy 身上，我看到努力追求自己想要的人生那種強烈信念與勇氣，所帶來的快樂。

Kathy 顯然並不喜歡紐約。在她眼中，紐約客們總是自大與粗暴無禮，說這話時她的語氣甚至帶點不屑。初抵租屋處的第一天，看見她房間床頭吊著醒目的一幅「I LOVE LONDON」布條，讓我有些疑惑。她後來告訴我，來紐約只是為了存錢，希望很快存夠錢，可以到下一個城市繼續廣告工作——那將會是她最愛的倫敦。

每當聊起印象中的倫敦，Kathy 臉上總流露出閃閃發光的眼神。比起紐約客，倫敦人在她心中明顯更為優雅有禮，生活步調亦不如紐約匆忙。她希望可以很快申請到倫敦的工作簽證，順利找到願意雇用自己的廣告公司。

離開紐約前幾晚，我關心她倫敦工作簽證的狀況，她說似乎不如想像中容易。一來倫敦每年開放的工作簽證名額相當有限，二來要在當地找到願意雇用她的廣告公司難度相當高。即便如此，Kathy 仍然流露著樂觀開朗的笑容。我說我也喜歡倫敦，但比起剛到紐約時，現在已經沒那麼討厭紐約了。不知下回能在何處相見，當時的我打從心底祝福她早日順利在倫敦找到工作。

隔年秋天，我再次造訪紐約，Kathy 仍然待在紐約從事廣告工作，仍然討厭紐約、嚮往倫敦。一如預期，英國工作簽證申請並不順利。「這時離開，機會就沒了。」更加習慣紐約工作的她，苦笑著說此時並非離開的最佳時機。我想她當然明白，多少中產階級窩居在此過著苦哈哈的日子，只是為了心中懷抱的一個夢。紐約的高房價與物價讓她不時得為了省錢搬家，過著遊牧般的生活。

「當我有天存夠錢，要買房子，也是在倫敦，而非紐約。」Kathy 依舊為了追求往後更快樂自由的人生，而說服自己適應現下生活的諸多不滿與厭棄。

希望下回重逢，我們將真的身在倫敦。

巴黎的偏見

好友 Ken 是工程師，在知名電子大廠上班，娶了一位空服員老婆 Vicky，夫妻倆經常用便宜到令人眼紅的家眷優待機票旅行世界各地。

因為工作的緣故，Vicky 對各大城市的名牌、百年老店、米其林餐廳、必吃美食等瞭若指掌。Ken 則不愛名牌，對吃完全不講究，上高檔餐廳對他來說，最大意義是可以拿來和朋友說嘴聊上幾句；對歷史人文風光更是興趣缺缺，旅遊習慣像一般典型觀光客，只對到知名景點拍張「到此一遊」照十分熱衷。

Vicky 因此常抱怨，與他一起旅行時，自己就像個隨行專屬攝影師，不管走到哪，只要擠滿觀光客的知名景點，Ken 便會自動找個位置，交出手中的相機，要 Vicky 幫他拍照留念，隨即自動擺出拍寫真集的專業 model pose（他年輕時曾是個專業的廣告模特兒）。

Ken 從未到過巴黎，巴黎卻像是 Vicky 的後花園，已經去過不下二十次。儘管她早已對觀光客口耳相傳的巴黎必吃甜點 Pierre-Hermé（PH）玫瑰可頌，與最佳伴手禮百年茶店 Mariage Freres 的茶罐都興致缺缺，但巴黎於她始終是戀人之都，即便自己已經一去再去，仍希望有朝一日能夠與老公一同遊歷。最近她終於如願以償。

出發前我問 Ken 對巴黎的印象，他想了想說：「包包很貴。」這當然只是我們對巴黎普遍的偏見之一，好比經常在提及巴黎時，總習慣裝懂賣弄聊聊文人藝術家海明威、普魯斯特、西蒙波娃、雨果，或者從《巴黎我愛你》、《巴黎野玫瑰》、《新橋戀人》、《愛在巴黎日落時》、《艾蜜莉的異想世界》等電影裡所認識到的巴黎，但鮮少有人真正深入這些故事裡的生活，更別說認識真正的巴黎。那些留存在印象中的，多半只是從文本中複製下對異城的刻版印象。日本遊客到巴黎時，常患上一種名為「巴黎症候群」的精神疾病，便是受媒體洗腦，導致對這座城市印象與現實落差過大的最好例子。

有回 Vicky 看完伍迪．艾倫的《午夜巴黎》，忍不住突然懷念起巴黎。Ken 卻抱怨說：「那電影不就只是一個人一直在走路嗎？」Vicky 忍不住想考考他對巴黎到底有哪些認識。

「那你聽過海明威嗎？」

「他誰啊？」

「美國很有名的作家啊。」

「他寫過什麼作品？」

「《流動的饗宴》你沒聽過嗎？他在書裡頭寫過一句描寫巴黎很有名的話喔。」

「你說看看啊，我可能有聽過。」

「如果你夠幸運，在年輕時到過巴黎，那麼巴黎將一輩子跟隨著你，因為巴黎是一席流動的饗宴。」

原以為如此浪漫的一句經典名言可以打動平常鮮少念書的 Ken。追問他到底有沒有聽過，沒想到他只是搖搖頭，不耐地回了一句：「沒印象耶，但這個人的話怎麼那麼多啊。」我與 Vicky 頓時四目交接，不約而同翻了個大白眼，然後放聲大笑。原來對一座遠方陌生城市，無論觀光風景或人文藝術經典，每個人都有不同的印象，即使已經有那麼多文本不停灌輸我們巴黎的浪漫印象，我們也難免帶著不同的歧見與偏見。

我想起自己在二〇〇六年第一次到訪巴黎前，也因為廣告、電影、文學的接觸，對巴黎存有浪漫的幻想。特別是大學念廣告時，左岸咖啡的系列廣告不只啟蒙了我對巴黎的印象，也是我對咖啡館存在過度幻想的開端。出發前，在巴黎求學的朋友不斷提醒：「巴黎一點都不浪漫，如果第一天到達便不小心踩到滿地狗屎，你還會覺得浪漫嗎？」出發前在設計師友人家聊了行程規劃，友人也半開玩笑勸我：「千萬別傻傻去問當地人，左岸咖啡要往哪走？」

雖不至愚蠢至此，但左岸咖啡的廣告文本，的確讓我對巴黎有過度不切實際的幻想，一如廣告裡那句：「雨天，巴黎沒有人，整個巴黎都是我的。」

初抵巴黎的第一天午後，先在花神咖啡館用完午餐，然後到聖日爾曼大道閒晃。天空突然下起滂沱大雨，我躲進一家狹小書店。外頭的雨一時並沒有停歇的跡象，書店裡擠入越來越多躲雨的路人，我左顧右盼，發現似乎只有我一個人是異鄉遊客。那個左岸咖啡廣告突然浮上心頭，我失笑心想：此刻雨天的巴黎，四處擠滿躲雨的人，整個巴黎都不是我的，只有那一刻等雨的心事是自己的。

離開巴黎前一日，天空烏雲滿佈，不時飄起毛毛細雨。耳邊反覆聽著

〈旅行的意義〉，從羅浮宮往香榭麗舍大道的凱旋門方向走去，然後再走不同街道繞回原處。試著在離開前，用自己的雙腳，重新再認識一次這個終於有幸探訪的城市。

那一刻，巴黎，是我自己雙腳走過的巴黎，不再是誰說過的巴黎。

期盼與某段記憶重逢的你

旅行的記憶

人生是記憶的不斷累積。憑藉記憶，我們與世間種種產生關係，並在連結中找到繼續往前的動力。旅行亦是如此。當下微不足道的旅行記憶，經常在往後的生活中、或某段再次出發的旅程裡，偶然被鮮明地召喚出來，成了時間最好的對照。

二〇〇六年冬天第一次到訪巴黎，是我開始一個人自助旅行的年紀。也因此，那次旅行不僅構成了往後談及巴黎的印象，也成為我後來旅行風格與習慣的最初養成。

開始不自覺憑弔過往記憶的四十歲秋天，我再度到訪巴黎，在街頭竟仍彷彿可見當時初訪巴黎時，那個對旅行還充滿好奇、同時擁有無限精力的年輕身影；還有一個人拖著行李，輾轉穿梭在石板小巷的移動時光。

再抵巴黎的第二天午後，明亮的陽光

灑滿整個街道。我試著尋找那年的記憶：從 Saint-Germain des Prés 沿著聖日爾曼大道，漫步走到地鐵 Odéon 站的路徑。靠著印象中的相對位置，竟也找到當年旅行因意外而邂逅的地方——旅行中像這樣記憶深刻的地方，通常不會是計劃事先安排好的地點，也不是能在旅行地圖裡找到的景點。

遠遠地，便看見轉角二樓熟悉的旅店招牌。萬萬沒想到近十年後，它依然存在。

那是一家毫無來頭、也非什麼名人曾經到訪的旅館，只是二〇〇六年下雪的二月，我曾短暫在此住過幾晚。當時臨時起意去了一趟布魯塞爾，再返回巴黎時，才發現原先住的青年旅館已全部客滿，於是花了一整天拖著行李，在幾個地鐵出口巡繞沿街尋找旅館。

依當時的年紀、預算，我還清楚記得，青年旅館一個人一晚約莫二、三十歐元。突然臨時要找旅館，隨便也得七十歐元以上，而且不一定有位置。當時試著找了幾家二、三顆星級，但外觀卻極為寒酸普通的旅館，至少都需一百多歐元；即使還有空房，衡量後也因預算而打退堂鼓。最後，換了三、四個地鐵站，撲空十幾家旅館，身心俱疲時，才終於找到這家轉角的旅館。當時一晚得七十五歐元，是當時旅行預算負擔得起的兩倍價格。我必須一個人將行李搬上四樓。房間極小，浴室狹窄到完全無法轉身。

這家旅館位於地鐵 Odéon 站出口廣場直走不遠處的五岔路口轉角。每晚夜歸，沿途常有許多隨地而坐、喝酒開趴的醉漢。某晚返回旅社時，竟發現一群年輕人跟著固定窩在那裡的流浪漢一起圍坐路邊，開心地喝著酒，喧鬧、酒醉的咆嘯聲未曾歇止，整夜教人無法睡得安穩。或也因此，我始終記得，清晨五點的巴黎街道，總是充滿著一夜初醒的聲響。垃圾車則準時在一夜喧鬧後，沿街清理滿地廢棄的酒瓶。

當時無心意外住進的這家旅館如今依然存在，而且僅僅出於印象，竟也讓我順利找到了。這樣的重逢，遇見的不僅僅是一家旅館，或許也是那當年還能一個人提著行李，一間一間旅店尋宿的少年；而心裡懷念的，到頭來，會不會是當初那個少年所擁有、而今日不再復返的彼時心境？

站在對街許久，我遠遠地對它不停按下快門。一位騎車經過的小女生好奇地停下車來，望了我幾眼，用我聽不懂的法語說了幾句話。我猜測性地用英文回了她一句：「我九年前曾經住過這裡。」她聽了露出恍然大悟的表情接著說：「所以你對著它不停拍照，to remember。」像是疑問得到了解答，她輕快地說聲：「祝你旅途愉快！」繼續騎車離去。

九年後，四十歲再度到訪的巴黎之旅。藉由捕捉當年那個少年的身影，我清楚看見這些年時光裡，那個少年以及整個世界的改變。我已逐漸無法忍受青年旅館的諸多不便，但仍會偶爾住幾晚，只為重溫那樣的感覺；我仍然害怕拖著大小行李在旅途上不停移動，然而對異國街巷依舊滿懷好奇。我還是希望用雙腳探索各種驚奇——只是，或許已不再有當時滿滿的動力與體力。

FW：——2022

你總常希望重溫往日某段時光，舊地重遊。是出於對美好時光的留戀，或人事無常的不安？

一句未說出口的髒話

二〇一三年在美國遊學時，我第一次深刻體驗到語言隔閡、文化差異、大美國主義，乃至所謂的種族歧視。

某個大雨的週日午後，我一個人窩在紐約的二手唱片行，按字母順序耐心地翻尋架上的ＣＤ。到了字母Ｗ區時，一個身材高壯的老美突然擠到我身邊，硬是想佔據我的位置。怕亂了順序，我並未移開。矮一截的身子整個蜷縮在他腋下，彆手彆腳勉強繼續挑選。這位紐約佬明顯刻意地就停佇原地，然後口中不耐地喃喃碎念後，突然抬起手臂，用手肘架了我一個大拐子。我被這突如其來的無禮舉動驚嚇到，看了他兩眼，一時也吐不出半句話，身子往旁稍稍挪移。

幾秒後，還是無法吞忍莫名遭受的欺侮，我忍不住開口向他理論：「我先來的，你憑什麼插隊還架我拐子？」他用極不友善的口氣，抱怨他只是要找張唱片，很快就走，為什麼我硬要跟他擠……。我差點脫口說出三字經，旋即想到：這是別人的國度、他們的地盤，說的是我所不熟悉的語言，於是強忍著心中委屈，安撫自己當下情緒，邊無奈地氣自己竟然連一句髒話都罵不出口。

我移到另外一區繼續蒐尋其它唱片，心中不時有股想上前跟他講講理的衝動，告訴他：「你這麼不禮貌的行為，我真替你的國家為你的無禮粗魯感到羞恥！」最終礙於語言隔閡及避免徒惹事端，只是在心中說服自己：像他這樣的人，真不配聽搖滾樂。然後心底暗暗唾棄他說馬上要離開，卻在原地待了好幾十分鐘的身影。

另一個在時代廣場跨年夜的遭遇，也教人刻骨銘心。零下低溫，眾人從下午一、二點便開始被「關」在原地，半步也不能離開地消磨了十幾個小時。當倒數後水晶球終於落下，眾人彼此互道新年快樂的狂喜聲中，也似乎同時鬆了一口氣，瞬間一哄而散，全都跑去找廁所了。原地僅剩少數人如我，仍沉醉在方才幸福的氣氛裡不捨離去，強忍著憋了十幾個小時的尿意，拚命撿拾地上的碎紙花，直到警察上前驅離。

陣陣寒風的紐約街頭，我拎著一大袋碎紙花，開心地從時代廣場走路回家，沿路邊找廁所，但幾十分鐘的路程卻始終找不到任何公共廁所或願意借用的店家。最後終於再也憋不住，只得找個相對無人的地方，在路邊對著牆角尿起來。沒想到一群剛完成跨年勤務的警察正巧經過，他們手上拿著手電筒，照著尿到一半原地難堪的我，邊用嘲笑的口氣大聲嚷嚷：「你這傢伙，竟然在路邊尿尿。」

我急忙拉上拉鏈，用尷尬抱歉的眼神望著他們，祈求原諒。其中一位員警要我拿出護照受檢。「哪個國家來的？」「日本吧！」幾位員警你一言我一語，嘲笑著無心犯錯，卻正好淪落到他們手上的犯人。我將護照交到他們手中，無意也無力辯解什麼。負責的員警拿過我手中的護照看了不到兩秒——我懷疑他根本還沒搞清楚我究竟從哪來，就故意假裝不小心，鬆手讓護照掉到地上，直落在我剛才尿成的水道裡。他虛情假意地佯裝道歉，我半句話也沒回，彎腰低頭，拾起沾了些許尿液的護照，拿出包包裡的衛生紙胡亂擦拭。我知道一切已是徒勞，再怎麼努力擦乾淨，身上終究要背負或許一輩子也揮之不去的羞辱。

對著他們逐漸遠去的背影，我呆愣原地，愈想愈不甘心，遂比了個中指，無力地罵了句 fuck。看著他們走進一間飯店，為了求證他們是否也同我一樣憋了一整天想找個地方上廁所，我刻意等待著；他們果然不到五分鐘後就從飯店裡走了出來，我才租台 Citi Bike 掉頭加速離開。

回家路上，我騎著車，在低溫的街頭全身顫抖，想著剛剛發生的一切。這是紐約警察送我的新年禮物：教我懂得恥辱，懂得這世界除了幸福之外，同時仍存在著許多我們從來都無從想像的不公與殘忍，權力的傲慢，以及缺乏同理心的粗暴。這世界無時無刻不在傷害剝奪他人生存的尊嚴。他們可以如此待我，又將如何更為殘暴地對待這世界上更底層弱勢的那群人呢？有天，他們會否站在被害一方，開始懂得善待他人，理解現實生活中相對缺乏權力的一方，有太多的言不由衷與情非得已？

「若沒遇到壞的，怎知好有多好，壞有多壞。」一路上，我半滴眼淚也沒掉下來，不時在心底這樣安慰自己。

「祝你們有很多好的時候。」那一路上，我在心裡默默送給他們村上春樹這句話。

FW：——2022

往往要到很久很久以後，你才發現，就在過往的某個瞬間後，你再不是原來的你。

我的肩膀，揹記憶的包裹，
流浪到大樹下終於解脫。
希望若是有，絕望若是有，
不要像，風吹過連痕跡都不留。

陳綺貞
2013

攝影｜黃俊隆

FW：——2022

紐約時代廣場跨年結束後，回到民宿，反覆聽著當時陳綺貞才剛發表的〈流浪者之歌〉這首歌。幾度委屈地以為眼淚就要掉了下來——「快樂若是有／傷心若是有／眼淚灌溉／不枉愛過」終究，還是忍了下來。

Everything happens for a reason.——如同此句英文俗諺，至今，我仍深深記得當晚，我在心底告訴自己——今後，我將更懂得如何去愛；試著原諒這世界的無理與恨。

年少旅途中，想家的你

旅行中的思念

旅行中，每個人都有自己療癒思念的方式。

但思念卻往往盡難言說。

一個人的紐約冬天，偶爾襲來的孤獨感，不免想家。在街頭晃蕩經過樂器行，總是不由自主走進去，試過一把又一把琴，聽著不同廠牌、不同出廠年代的音色，彷彿只要一個熟悉的旋律，一個和弦，瞬間一切就能回到安穩、像家一樣的地方，就能撫慰旅程中所有的漂泊不安與思念。

求學時學吉他，和許多人一樣，總是羨慕那些練到可以當成民歌手，琴藝夠格擁有一把木吉他名琴Martin的人。不知幾時，覺悟一輩子再如何苦練，都無法同他們一樣，遂也放棄了有朝一日存夠錢想買把Martin的奢願；就此也甚少有機會碰琴。只有偶爾想起年少時光，一起與

起，才會拿出塵封已久的琴。只消彈幾段青春時熟悉的旋律，往昔一切便又彷若歷歷在目。

在紐約近兩個月，幾度走進樂器行，腦中竟又浮現那些彈琴的時光。拿起數十把各種不同型號的 Martin 試了又試，每把都教人愛不釋手，只是最終還是全放回琴架上。每當考慮猶豫想買一把時，心底總有個理性的聲音不斷勸自己——這一切都只是出於想家，等旅行結束，這種心情也就會回到現實。

被流浪漢偷走行李後，某天，經過東村一家剛開業不到一年的吉他店，整間店裡滿滿是老闆在美國四處旅行蒐集來的名牌二手吉他，光 Martin 便有數十把，出廠年份從二〇年代以降，單價從數千到上萬美元皆有。我好奇問老闆蒐集了那麼多吉他，是否也同一些吉他手一樣，喜歡帶著吉他四處旅行？

「當然，但我更愛在旅程中尋找各種老吉他。每一把老吉他本身就像是一段旅行，琴身上留下了許多時間與故事。」他點頭堅定地說。

不知有些樂手為何喜歡帶著吉他四處旅行？我想起這段時間街頭經常遇見的流浪漢，身旁常牽著一隻狗。吉他與狗，在他們漫長的旅途中，或許就像是朋友、家人，帶給他們如同家一般的平靜與安全感。電影《醉鄉民謠》裡六〇年代居無定所的民謠歌手 Llewyn Davis 總是一手提著吉他、一手抱著貓，貓的名字正好就叫 Ulysses，象徵隱喻了人生漫長的漂泊。

我問老闆可否幫我與他的吉他拍張照，兩個人像朋友般聊了起來。「這是我這趟旅行裡第一次碰到吉他，漫長旅途中有許多事、許多想念總是讓人不知所措，但抱著吉他，熟悉的琴音竟讓人感覺安定許多。我想要把照片放上臉書給朋友們看看，我猜他們幾個月沒見，想必十分想念現在的我吧。」我一邊撥弄琴弦，一邊細細碎碎地說著當時的心情。

但終究，想念的是離家的人，而不是留在原處、過著一如往常生活的那些人。當旅行結束，旅人回到了家，才發現世界未曾因為自己的離開而有一絲改變。

那趟旅程中儘管又陸續經過幾家吉他店，卻不曾再回到這裡。

二〇一六年的第二天，就要回台北的前幾日，終於下定決心要買把 Martin 經典入門型號 D18，作為此趟旅程的紀念。走出吉他店，天色已然入夜，一個人提著手上的吉他，走在十八街街頭，天空一如氣象預報開始飄起細雪。穿過聯合廣場，為期一個月的聖誕假期市集攤位全已撤離，眼前冷清空蕩的偌大廣場，只感受到當時狂歡取暖的記憶已然褪逝。街上剛下班的人群匆匆，一個個低著頭，像是急欲躲避這場風雪，趕著回到溫暖的家。手上D 18那彷彿來自六、七〇年代復古溫暖的琴音，一圈圈泛上心頭。我要記下所有曾經深刻的思念。這是個美好的句點，此刻，它隨著手上的琴，跟著我回到久違的家，連同這段漫長的旅程記憶，或將一輩子伴隨著我。

25

跳蚤市場的最後告別

一個人在紐約放逐的一個多月，沒半個認識的朋友，當然也沒人認識我。我可以選擇主動或被動與這座城市對話，選擇彼此相處的模式，親密或疏離。

每逢週末，我總喜歡在跳蚤市場閒晃一整天。這是帶我走入紐約人日常生活風景的最佳入口。二、三百年前，紐約的跳蚤市場文化便已存在，就連賣的物品經過百年似乎也仍大同小異。我特別喜歡那些殘留著舊日時光想像的物件：九一一兩日後的《紐約時報》，頭版頭條巨幅照片，彷如世界末日廢墟預言；世界大戰期間的老雜誌裡，還能見到顛沛流離的生活光影。還有那些不同年代，寄自世界各城市的明信片，是某一年某個離別或思念的重生。我們常在某些瞬間，望著時光走遠的背影，以為一切就這麼消逝；卻可能始終不明白，告別，究竟是從哪一刻開始。

與老闆殺價是我在紐約逛跳蚤市場最大的樂趣之一。重點不是最終殺了多少錢，更是藉著殺價，開啟我與這座城市、陌生人對話的機會。

George 是我在蒐集古老鉛字時認識的。在 Hell's Kitchen Flea Market 那個陽光灑滿街道的下午，我蹲在他的攤前，一字字挑選，在地上排列拼出我公司的英文「Revolution Star」。George 好奇地跟著蹲了下來，看了幾眼，抬頭問我那是什麼意思。當我解釋完，他哇地一聲驚呼，旋即轉身告訴身旁友人：「He did a very good job.」

蒐集完鉛字，我指著桌上一台看起來有點歷史的打字機，問 George 它還能用嗎？年份多久了？他邊翻說明書，邊跟我說它產於二〇年代，非常方便攜帶，蓋子拆下來墊在膝蓋上，在火車上便可打起字來。「這是戰爭年代的筆電吧。」他說完大笑。離開前，我問：「下週這打字機還會在嗎？」他搖搖頭說，誰知道。

隔週，我又來到 Hell's Kitchen Flea Market，直接衝向 George 的攤位，看見打字機尚未售出，瞬間鬆了口氣。怕被他看穿我急著下手的心意，我先耐著想立刻買下的心情與他閒聊，但他卻先開口問：「你是不是很喜歡這台打字機？為何不直接帶回去？」我有些不好意思地解釋，我確實很喜歡，但行李已經太滿了，不知買了該如何帶回台灣。同時，也央求著問他，最便宜願意用多少錢賣給我。

George 邊用手觸摸著這個有近百年歷史的鍵盤，邊嘟噥說，有服飾廠商想要把它拆下來做成墜鍊，一個字鍵要賣十美元，瘋了，大家全瘋了，整台完好的打字機也才七十美元。他說，似乎陷入時光的長河——你想看看，二〇年代的人們究竟用它做了哪些事，經歷了多少故事？

被激起了好奇心的我，跟著他的話語彷彿也沉入那段遙遠的古老時光。或許曾有某個人，在烽火連天下用它鍵打書信往返，長途列車上的返鄉遙遙，或者，更可能是一段再也無法回來的戰亂逃亡。

能夠收藏一段已逝時光，讓某段故事重生繼續，說來七十美元的確有些廉價。怕留下遺憾，我最終還是買下了這台打字機，連同旁邊整份完好的九一一隔兩日的《紐約時報》，George 給了我一個告別紀念價，六十五美元。

某個氣象預報傍晚將降雪的星期天下午，我再度來到 George 的攤位。「How are you doing my friend?」說話時嘴角還吐著圈圈白煙，不自覺地脫口而出這句問候，送給這個天冷不時躲回車裡的和善老闆。他與我閒聊幾句，要我自己隨便逛逛，並慷慨答應：「原本每件十元，可以算你五元，只有你才行。」

我蒐集了一堆老舊書刊，希望老闆再給我一個 good deal，我以為誠懇禮貌殺價是跳蚤市場之必須，卻也害怕招惹人怒，左思右想之際，最後還是鼓起勇氣：「每件五元，我買了十三件，可以算我五十元嗎？」旁邊客人聽了抬頭露出不可置信的表情。老闆想了一想，勉為其難地揮手答應：「I treat you like my brother.」如父般送我這句，溫暖得像個擁抱。

瞬間我感覺到這個陌生的瘋狂城市接納了我，一個隻身的異鄉客。雪將落之前，誰不害怕寂寞，誰不想取暖？某些失落，似乎就這樣被安慰平撫了。此後每個週末，我總是抱著探視朋友的心情來到George的攤位。某回，還帶了幾十個回收袋送他使用，他笑了笑跟我道謝，轉頭告訴友人，「他很貼心，他是我的老客人，也是我兄弟。」

回家的時間就要到了，我心中特別有些掛念，像是對這位像有點是朋友般的長輩。不知我們還有沒有機會再見。

回台北的前一周，暴風雪過後的隔日清晨，我一個人提著仍微溫的貝果，在零下十幾度、寸步難行的街頭，從東村東十八街徒步走到西三十九街，準備送給George。沒想到，跳蚤市場因為暴雪低溫關閉兩天，空蕩蕩的空地只見一層厚厚白雪。金黃色的陽光撒落雪上，彷彿記憶在向我招手——那些同樣陽光滿溢的假日，已流逝在空氣中的對話。

我在原地遲遲無法反應過來，終究還是強忍著無法當面說聲珍重再見的遺憾，故作堅強地轉身，邊說服自己接受：我們不會再見面了。

回家的路上，走出聯合廣場地鐵站，我問低著頭、蜷著身子緊緊包裹著毛毯的流浪漢要不要吃貝果，他點了點頭。「保重。」我遞過手上的貝果後輕輕說，彷彿向這些日子來所有偶然的相遇告別。

FW：——2022

你不再期待一次又一次的最後告別；你終於明白，真正的告別，不知從哪刻開始——往往是突如其來、措手不及。

紐約的雪，我的鄉愁

這是紐約的最後一場雪了，在我離去之前。

氣象預報早警告，這晚入夜，紐約將降下入冬來的第四場暴雪。來自墨西哥的小房東 Kathy 前一晚更特別叮嚀：沒事早點回家吧。全紐約的人都準備提早下班回家，躲避這場預計會是今年最大的暴風雪。

晚餐過後，咖啡館窗外的雪越下越大，行人不是行色匆匆趕避，便是沿路嘻笑打起雪仗。所謂的青春不過如此。我在咖啡館裡對著電腦，敲下的鍵盤聲就像是在紐約初遇這第一場暴風雪的殘響。

紐約的雪真要下起來總是不留情面，教人寸步難行。經歷過紐約的冬日，大雪不再單純只是以往幻想的青春與浪漫，更多的是現實的不便與必須耐受的酷寒。此後，只要氣象預報將降雪，便開始煩惱隔日行程計劃要如何調整，早忘了漫漫年少歲月裡，憧憬有朝一日能置身紐約雪日街頭的浪漫幻想。

雪地難行的日子裡，我似乎忘了好好把握，享受這期待已久的夢想。這晚，在文字來去間，我竟懷念起紐約的第一場大雪。

那是個大雪驟下的星期日午後，逐漸被雪覆蓋的紐約街頭，處處可見狼狽倉皇的身影。那是我到美國近三個月來，心底第一次真正湧起如威士忌般濃烈的鄉愁。走出地鐵聯合廣場站，廣場上已是一片白雪皚皚。許多年輕人打扮成全身紅豔的聖誕老人，風雪中儘管不便、卻仍恣意嘻鬧，毫不介意不時跌個四腳朝天的狼狽。

天色漸暗，廣場上的攤販紛紛收攤，躲避入夜將臨的暴風雪。我留連原地，不停對著生平首見的大雪按下快門，試圖留下此景此刻，直到相機因氣溫過低而當機才肯罷休。只是眼前所見雖美，卻也深深觸動我的鄉愁。於是我一個人沿著百老匯街，往日式居酒屋林立的聖馬克街走去。心底渴望一碗熱騰騰的湯來沖淡逐漸泛起的鄉愁。

我竟這樣離家，隻身在異鄉晃蕩了三個月。距離回家還有漫長的一整個月，嘴裡嚐著一口口拉麵熱湯，卻似乎沒有填滿心裡空蕩蕩的感覺。

那晚回到住處，上網第一次開口告訴家鄉友人：「我想家了。」朋友要我去上上課，跟人說說話，很快就會到回家的時刻。我當然沒去上課，我知道我終會找到隻身與這座大城市相處的方式。我只是暫時想家，卻也不肯輕易浪費這段期待已久的，一個人放逐的時光。只是當我終於融入它的呼吸節奏，轉眼，已經來到尾聲。

旅程最終日，一個人呆坐咖啡館一整個下午。轉眼漸漸入夜，窗外雪卻越下越大，整個街道不知不覺已是一片厚厚的雪白。我收拾起包包，往大雪裡走去，在東村沿著第二大道，在街道上沿路戲雪回家。當時彷彿完全忘了之前大雪總是帶來的不便，僅僅沉醉、享受著這最後一場雪。偶爾用腳踢著地上雪堆，看它濺出雪花；偶爾用雙手隨興掃落汽車上堆積成山的稚雪。

綿密雪花不停落下，在空中旋轉飛舞，我不時抬頭，在泛黃的街燈投射下，那雪花如同狂舞的精靈，佈滿整個夜空，彷彿把我帶回到對紐約的雪帶著浪漫憧憬的年少時光。雪片如同落葉飛舞，停在我臉龐，旋即消失在空氣中——多美的一場紐約為我準備的告別盛宴。

還沒離開，但我已經開始想念。在路旁停下腳步，我將手腳伸進雪堆裡，留下深深烙印，然後用手指在上頭一筆一劃慢慢用力寫下「Final Home. Bye-Bye New York」，默默慶幸這是最好的告別：記憶就這樣停留在最後一段的快樂時光，而非那段無處逃離的濃烈鄉愁。那個暴風雪下午的鄉愁，如今已在心底融化為依依不捨的「我不想走」。

紐約是個瘋狂的城市。特別是冬日的惱人天氣，輕易就能將一個人折磨到絕望的崩潰邊緣。離開前某晚，房東 Kathy 不停叮嚀我下回別再冬天來了。我心想，歲月滄桑，下次有幸再訪此地不知已是何年何月，要不是有著還算年輕無畏的瘋狂與足夠的勇氣，誰會像個病態受虐狂似的，大老遠捧著大把鈔票，一個人在冬天來到這裡受苦受罪？但，若非是這樣的瘋狂磨難，又如何能有教人如此刻骨銘心的時光，還從中慢慢懂得所謂堅毅的力量？

這次離開後，不知何時能再重返紐約暴雪街頭？那晚紐約的最後一場雪，一個人的戲雪街頭，已成此刻，我的鄉愁。

在京都，尋找遠道而來的風景

為了出版新書《左京都男子休日》，全公司去了趟京都。這座充滿時間與故事的城市，對我來說沒有特別非去不可的地方。旅途中隨意走入的咖啡館、書店、食堂……有時只是為了走進時光裡的故事與記憶場景。

五天行程，我們前後到訪書中所介紹、充滿在地生活感的左京都。早起到百萬遍手作市集前，先到附近的進進堂咖啡悠閒地享用早餐；到惠文社書店得搭乘經過叡山電鐵到一乘寺驛，我們來回搭著這條日本僅存少數的路面火車，不停上車下車，搶拍窗外夕陽西下前短暫的絕美風景。接連坐進燕子咖啡與 WEEKENDERS COFFEE 享用咖啡餐點與片刻午後，再沒時光比這更緩慢優雅、讓人就要大嘆奢侈了……原都是京都人的生活日常，對我們這些遠道而來的觀光客，卻是能夠融入道地京都時光的所在。

「你的生活，是我遠道而來的風景」是我們為京都及休日所提出的概念。然而，這趟旅途對我來說，全是新的回憶，只為在製書前親自走遍書中場景。然而，就像每次的舊地重遊，京都也有我無論如何，都想抽空再訪的難忘之地。

起了大早的週日清晨，哲學之道還尚未擠滿蜂湧而至的觀光客，適合一個人緩緩散步。儘管途經幾間咖啡館卻始終沒有進入，空腹的飢腸轆轆，加上店裡舒適的擺設氣氛，幾度讓我意志動搖——為何非得堅持找到四年前無意到訪、名不見經傳的咖啡館不可？終究還是改不掉這些年養成的旅行習慣，再訪了這間咖啡館。

坐入一樣的靠窗位置，陽光穿透灑進眼底。我漫遊的思緒不停問著自己，為何非得來此不可？是出自懷念那年一群好友漫天說地的自在？還是店裡流洩著讓人想起舊時光的古典樂音？又或者，是那對看來一絲不苟、嚴謹的本格派老闆夫婦？漫想時，音響裡恰好播著弦樂團演奏的〈Yesterday〉，溫柔而優雅地包覆了這個星期天的早晨。咖啡吧台內身著黑圍兜的歐吉桑，只是一如往常地，戴著口罩，低頭專注為客人沖著咖啡。

臨走買單前，提起勇氣跟老闆提起，是那段四年前與好友無意間到訪的記憶，揪著我再度來訪；從那時就一直喜歡這間店的咖啡與氣氛，希望下次有機會再來，也央求老闆讓我幫他拍張照。原本一臉嚴肅的老闆，或許出自禮貌，在我按下快門前脫下了口罩，並露出一抹得意自信的微笑。走出店門後，回頭看見招牌寫著「SAGAN since 1962」，才發現原來是間充滿歷史的老店，也怪不得老闆身上流露著日本傳統職人的自信與堅持。Sagan 的中文漢字為「再願」。冥冥中，或許注定這是一趟對記憶的還願之旅？

旅途最終日午前，我繼續找尋當年與朋友無所事事晃悠另一個下午的咖啡館。那時就像一只人體移動行李箱，被動地讓朋友帶著四處晃蕩，當時沒作任何事先準備功課，當然也不記得咖啡館的確切地點。只記得是位於京都鬧區一間 MUJI 樓上，大樓有幾個樓層是淳久堂書店。

薄弱的記憶，顯示出記憶的脆弱。

僅僅摸索著模糊印象，還是如願到達這間位於河原町 BAL 大樓八樓的 MORRIS CAFÉ。近中午，店內擠滿用餐的上班族。候位直至坐下後，看看手錶頂多只剩十分鐘的時間，只夠我點完餐飲囫圇用完。等待餐點的時間裡，我舉目四望拍照，試圖疊合上記憶裡熟悉的場景。

離開結帳前，忍不住向店員表明自己在四年前曾來訪過，因為喜歡這裡而再度造訪。店員聽完，露出典型日本人聽到遊客講英文時的反應，比手畫腳、慌張地似乎想表達什麼重要的事情。最後店員找來「英文比較好的同事」，我再度重述此行的來歷心情，她聽了不停道謝，接著無奈地說：「很抱歉，我們營業到這個月，下個月即將關閉……」

這段再訪竟成了送走舊回憶的最後一趟告別，下回將不再有舊記憶牽引呼喚著我。只是，送走舊回憶後，當旅程結束，此行一切又將是另一段舊的回憶，新的故事。此刻，我開始想念起《左京都男子休日》裡我曾到訪的諸多地點，或者準確點說——那些伴隨而來的回憶。

波希米亞年代——那些流浪漢偷不走的時光

這世界某處、在某個心靈暗角，或許我們仍活在那個屬於三毛的波希米亞年代，跟他們一樣找不到在這時代的安身之處。不知算是放下勇氣或是提起勇氣，那些決定放縱、流浪、享樂……有酒當歌須盡歡的靈魂，抱著「Tomorrow never knows」的心情，選擇另一種坦然釋懷的生命姿態。某些人一生便是一趟公路旅行，只是出發，沒有抵達，也回不去；而我們這些異鄉人，則僅僅是帶著布爾喬亞的虛幻遐想流浪。

如果不安於自己的城市，也立命不了，走到哪都像是偽流浪漢，何處看起來都是異鄉。我們不時迷惑於心靈，總幻想最美的時光在他方，但卻沒有勇氣，也大都放棄不了手邊已經相對安穩的人生。

結束波士頓一個半月的遊學生活後，進入紐約前，決定先搭火車前往芝加哥，再搭機到南方紐奧良。紐奧良回返波士頓的班機上，回首一路迢迢，風塵僕僕的不是那已成遠方的城市與漫長旅途，而是過眼未逝的故事風景。

芝加哥，旅行上癮者的冒險

比起飛機網絡的迅速便捷，美國國營鐵路票價並未比較便宜，且火車相對慢上許多。因此，一般人大都選擇飛機或巴士移動。不過，這次從波士頓前往芝加哥，選擇了搭乘火車，解鎖「首次在美國鐵道旅行」成就，全程得耗費近二十四小時。這並非如國鐵廣告所言，渴望一趟旅程就能「改變對世界的看法（Change how you see the world）」，單純只是想嘗試不同的體驗，看看可能不同的風景。

書寫旅行時，筆鋒總是銳利不時帶著挑釁嘲諷的保羅．索魯（Paul Theroux）在《旅行上癮者》中花了不少篇幅，描述他對現代人旅行的看法。身為一個挑剔的旅行文學作家，他對旅行或許也帶了點偏執——「你得找出自己的經驗。跨步出去——盡你所能地到愈遠的地方去。嘗試與親友失去聯繫。在一個不熟悉的地方當個異鄉人。學習謙卑。學習當地語言。傾聽他們在說些什麼。」現代人的旅行在他眼中較像是觀光：到事先設定好的景點，看一樣的風景。

只是，換個角度，即便相同風景，亦將隨觀看者心境不同而有所不同：「眼前這片風景不知道有幾百萬隻眼睛已經看過，但對我來說卻像是大地流露出來的第一個微笑。」如同卡繆曾說。

旅行，最重要的在於那雙觀看者的眼睛，以及旅程中的聆聽。

波士頓南站月台上，每個人隨身拖著重重行李，彷彿裝載著各種不為人知的故事。同站上車有個一身龐克妝扮的女孩，隨身攜著一個直徑約莫一公尺大的呼拉圈，突兀而顯眼。直到芝加哥一同下車，仍猜不出為何她要千里迢迢攜圈同行。或許旅人身分背後，現實中的她是個街頭表演者、馬戲團工作者？列車上乘客並不多，一上車，乘客們或側身躺著閱讀、聽音樂，若有所思的看著窗外風景；或倒頭呼呼大睡。漫長旅程等待中，有人上了車，有人下了車。每個人各自有著不同的方向。

不知何時，一位黑人女性上了車，手上始終捧著一「瓶」鮮花，在沉悶的車廂裡顯得有些醒目。她不時凝神看著窗外，不時仰頭若有所思。直到芝加哥，都未曾見她放下手上那瓶鮮花。

旅程終點，是否有個重要的人在等待著她？

耗經一夜鐵道的顛簸，清晨列車上乘客紛紛醒來，在車箱裡穿梭來去。列車也終於將抵芝加哥。我拿起相機不斷地朝向窗外，同時注意到有位婦人，幾度從我身旁經過時總是帶著微笑。或許她是在嘲笑我必定是個觀光客，才會像這樣對著窗外不停按下快門吧。後來，她主動問我要不要幫我拍張照。不好意思推卻陌生人的熱情，將手上相機交給了她。拍照之餘我們也攀談起來，她叫 Teresa，和到芝加哥出差的先生作伴同行。

得知我從台灣來，如同這趟旅程中許多人的反應——她欣喜地說出「Formosa!」令我驚訝。原來 Teresa 的女兒正巧在我的故鄉彰化待過一年，為此她曾到台灣坐火車環島一週。談話中，她一時想不起最喜歡的那個台灣城市叫什麼。回到坐位不久後，還不死心地拿著 iPad 再度向我走來，要我看看那趟台灣旅程的照片。原來她最喜歡的是花蓮。我留下聯絡方式，告訴 Teresa 只待一週太短了，若有空和女兒再回台灣時，記得與我聯繫。

如同旅行中那些短暫邂逅的陌生人，我們總是不確定當旅行結束，是否仍有再次聯繫碰頭的機會。不過，她轉身回座前貼心地叮囑我：「當列車接近芝加哥聯合車站時，記得移到右邊位置，這樣就可以看到白襪隊的球場，有很漂亮的風景。」她當然並不知道我喜歡棒球，這叮囑就只是旅途中常遇見的偶然巧合。

芝加哥匆匆兩晚，每晚總是抓緊時間固定到 live house 聽芝加哥藍調演出。只是再如何精采，都不及那晚回家途中，一個不經意探頭後的經歷那樣，值得記上一輩子。

當時已過午夜，我匆匆離開 live house 準備搭地鐵返家。途中，才剛塞滿藍調音符的耳朵，突然被某間屋裡流洩出的搖滾樂吸引，忍不住停下腳步頻頻探頭，隔著某面落地窗探看裡頭究竟是怎麼回事。

「It's an open jam time. Come on. It's free.」一個身材微胖、頂著一頭捲髮，如貴族紳士般優雅的男子開門走出來抽菸透氣，主動向我搭話。他問我是否會任何樂器，熱情地要我別再只是在外面探頭張望，裡頭很有趣，進去瞧瞧吧。

落地窗內彷彿是另一個世界。「There is nothing finer than live music.」舞台旁的看板這樣寫。簡陋的舞台，一張張蒼白的臉孔，如同青春的古柯鹼。每個人的臉上都掛著睥睨世態的表情，手上緊握著薄如紙片的 pick，時而用力狂刷節奏，時而緩緩撥弄著敘事般的分解和弦。音符裡並沒有太多苦悶，反而讓人感到滿滿的狂熱，彷彿只在音樂裡才能找到真正屬於他們的世界。每個樂手都有著讓人驚呼的超專業水準，每段 solo 樂句都訴說著一篇篇動人故事。

這情景將我帶回年少時玩團，或在唱片公司時的地下練團室記憶：對於未來的不可期，讓人緊握住手上的音符，在練團、jam 的過程中找到人生最大的自由與解放，主宰自己的青春。

在芝加哥這個名叫「Tonic Room」live house 的奇幻夜晚，只有台上樂手及一位年輕女 bartender。這晚，我是唯一的幸運聽眾，舞台上是一頁頁動人的青春詩篇。

翌日醒來，已在往南前往機場的芝加哥地鐵上。

「先生女士們，請你們好好聽我把話說完。今天對我來說又是如常的一天。如果沒搭上這班列車，我將如往常一樣，每天花至少八小時在找工作。我已盡我最大的努力，但你們知道，我們的政府、我們的經濟……所以，如果您願意，請您做點微薄捐助，好讓我可以繼續好好找工作。感激您們的善良。」車廂裡一個流浪漢侃侃而談。幾個月來，在各大城市看到的流浪漢，都有著各種不同的過人才華，很顯然眼前這位販賣的才華叫「說故事」。他一場極具群眾魅力的演說顯然打動了大家，隨之搏得滿車廂的掌聲喝采，幾乎所有人都從身上掏出錢包。

紐奧良，流浪與搖擺樂之城

芝加哥往南班機，就要降落紐奧良。鄰座老美卻突然開啟話題：「為什麼會想到紐奧良來？」一如行前聽到我將前往紐奧良時，多數美國朋友的反應：為何一個從波士頓往西到芝加哥的旅人，會決定往南方，到這個連他們都不見得去過的地方，而非往西到他們口中所謂的大城市？

「我已經看了太多熱鬧城市，想到南方看看不同的美國風景：卡崔娜颶風後的紐奧良、爵士樂中的紐奧良，最好還有刻版印象中該有的棉花田。」某回，我如此回答曾住過紐奧良的朋友這制式答案，他聽了大笑：「你該去看看百年貴族豪宅，棉花田就算了吧。」這次我用一樣的答案回答，鄰座老美聽完，僅是碎碎嚷嚷說他一直想到這裡，這回總算成行，應該會是個很美的地方吧。

前方一位像是長住在紐奧良的老太太聽了我們的對話，忍不住插嘴附和：「紐奧良是個有趣的地方，你們應該待久一點。」不過，當時我對紐奧良的印象，僅限於與南方早期生活習習相關的爵士樂中對南方的描述，無從想像所謂的「有趣」。

有別於紐奧良其他動輒百年的建築，行前預訂好的民宿是建於卡崔娜風災前一年，位於田納西·威廉斯名劇《欲望街車》裡的Elysian Fields上。一如《欲望街車》裡所見，寬敞筆直的道路兩旁滿是百年橡樹，點襯著色彩繽紛的西班牙式鐵柱陽台建築，時光在此彷彿靜止下來，像是天堂般的幸福樂土，一如Elysian（極樂天堂）這個名字。雖然距市區步行僅十幾分鐘路程，卻有著偏壤鄉野的氣息；清晨四、五時偶爾在雞鳴聲中醒來，腦中仍跳躍著前一晚爵士樂歡愉音符。

風災之後的紐奧良仍舊是個純樸而歡樂的城市，不分晝夜，室內或巷弄，著名的法國區時時有著爵士樂輪番演奏。每晚不停到各個 live house 觀賞演出成了我在紐奧良的日常生活。撇開樂手演奏技術不論，印象最深的非爵士樂聖地「典藏廳」(Preservation Hall)莫屬——這個小小的演奏屋子曾孕育出家喻戶曉的小號手路易斯．阿姆斯壯（Louis Armstrong）。每個樂曲變換之間，band leader 總像個說書人般，緩緩訴說著樂曲或演奏者自身的故事，時而歡樂、時而動人。

「這樂團裡有四位團員出自我的家庭，今晚我母親也到了現場。小時候我不愛念書，母親總是恐嚇我，如果不想念書，就到棉花田裡工作去吧。為了躲避棉花田的工作，我每天躲進吹奏小喇叭的世界裡。我們全家兄弟能每天在此演出，全要歸功於我們的母親當時從來不曾制止……」他這一席話，頓時使全場滿滿聽眾站起身，報以當晚最熱烈掌聲。

「The colors of the rainbow so pretty in the sky. Are also on the faces of people going by. I see friends shaking hands saying how do you do. They're really saying I love you.」主唱仍像個說書人，邊唱邊帶著手勢，臉上表情回應著歌詞中的字字句句。早聽了千百遍無數版本的這首〈What a Wonderful World〉，或許直到這一晚我才終於聽懂。那個爵士樂下南方純真樸實的世界，樂觀開朗的生活姿態，原來便該是這樣。

旅行終究無法僅選擇我們所見，或說，終究最難忘的大都在旅程計劃之外。爵士樂一如事先我對紐奧良的預期，但在街頭不時遇見、多如繁星的波希米亞遊牧賣藝者則是意外衝擊，彷彿不時叩問人們，這座城市的血液裡究竟埋藏多少和《流浪者之歌》的悉達多一樣不安的靈魂？

「這裡有些偏僻，治安並不是太好，即便只是幾個街區，晚上還是叫計程車吧。」旅遊書上這麼介紹著紐奧良鬧區南邊一隅的 Frenchman 街。這條短短的街，入夜後，各個轉角巷口總是擠滿街頭表演者及波希米亞人。有了第一晚實地走訪經驗，我開始把旅遊書上的警告遠遠拋在腦後，每晚總一個人獨自散步、或騎著腳踏車從這條街慢慢晃蕩返家。

這晚，先是聽見像印第安吉普賽人神魅般的樂音，於是在這台「車」旁停下腳步。

一九八三年，這台「車」最早的「屋主」改裝了它。拉開大門，整個車廂內如一般家中客廳擺設，應有盡有。幾年前，這車被 Ana 買下，她開始駕著它南征北討，展開吉普賽般的生活，車停下的時候，她就彈彈自己創作的音樂，或她喜歡的曲子。平常不旅行的日子，人車多半一起定居在紐約紐澤西。時至近冬，則千里迢迢地開著它到紐奧良避冬。

路過的人因為神祕的樂音而不時探頭往裡看，好奇圍觀者越聚越多。「這是間酒吧嗎？」有人喊著，Ana 趕緊說明：「我只是跟其它街頭藝人一樣，夜晚窩居在此，為大家彈彈鋼琴唱唱歌罷了。您可別亂說，幫我添惹麻煩。」語畢轉身調了杯酒，端給前頭一位客人。這裡有酒也有 Ana 的自製專輯，她往往收完買酒及買專輯的錢，便轉身回到鋼琴前，輕聲彈唱起客人方才點的歌：「Come away with me……」語調一如原唱 Norah Jones 般輕柔。

Marc 這晚正巧度過他的二十八歲生日，似乎已有些醉意，不停對 Ana 說他想租這間「房子」，或者，他願意跟著她一起在美國四處流浪闖蕩。「So many sweet hearts with you.」Ana 認為 Marc 說的只是醉言，眼見大家一起為他唱著生日快樂歌，也笑著說出這句話，改彈唱起爵士樂版的生日快樂歌。直到離開，我始終好奇，在那一首歌的時間裡，Marc 究竟許了什麼生日願望？是否真想與 Ana 就此一起浪跡天涯？

返家時已過午夜，儘管早先陣雨已停，城市卻在深夜驟地轉寒。我騎車在巷弄裡迷了路，發冷焦急地想趕緊找到路回家。但中途卻另外有個奇特的景象深深吸引了我：一輛近似六〇年代嬉皮的銀色大巴士，停在鐵門升起的偌大倉庫廠房裡，車裡裝載了各種形狀、塗滿塗鴉的腳踏車，以及像似魔術、馬戲團的各種道具。我停下車，拿出手中相機，在經過他們同意後不停按下快門。

「為什麼你們有這麼多千奇百怪的腳踏車？是你們自己噴的塗裝嗎？」不待他們出聲，我先開口發問。「這些是我們團員自己的腳踏車。我們開著這台車，載著每個團員的腳踏車環遊美國已超過半年之久。這段日子裡，它們陪著我們闖遍美國，一邊旅行一邊練團。」他們高興地與我聊起這是個怎樣的表演藝術團體。我聽得似懂非懂，只確定他們大概是個類似「踩高蹺」之類的表演劇團，而這裡是他們的劇場基地。每週有幾個夜晚，他們會固定在此演出，也邀請我抽空捧場。夜裡他們不停進進出出，忙著接力將腳踏車從巴士上卸下。離去前，我數度回頭按下快門，這魔術般的奇幻夜晚，仍感覺有些虛幻。

七天的時光，原先只在爵士樂裡的紐奧良印象，在腦中益發鮮明立體起來。終究沒聽從朋友建議「去看看百年貴族豪宅」。任憑世事更迭，人來人去，今日的紐奧良依舊散發著迷人純樸的南方風情。

紐約——被偷走的行李，偷不走的時光

經過南方七日的浪蕩時光，又飛回波士頓匆匆一瞥。提供在波士頓落

腳處的朋友送來兩件行李，並接送我到南巴士站。我準備搭乘深夜灰狗巴士，預計於清晨抵達旅程終站紐約。

常在深夜或清晨抵達一個陌生的城市，然後在另一個日夜離開。看著城市已不同於抵達時的面貌，看不見的自我內心是否亦然？

一個人旅行，是一段自我在孤獨中試著與人生、世界重新對話的過程。只要卸下預設心防，抱著高度好奇，旅行總是會回報以完全無從料想的驚奇——即便未必全是好的際遇。

「不旅行的人通常會警告旅人旅行所存在的風險，但旅人大多置之不理；然而我們假設會受到熱情款待，就好像假設會遇到危險一樣奇怪。」用保羅・索魯在《旅行上癮者》裡的這段話來形容旅人總是在冒險中期待、等待著驚喜的心態再貼切不過。芝加哥及紐奧良的旅程順遂，促使我不停思考著關於旅行。在難忘的旅程背後，或許需要的是一種「別盡信旅行書，別怕陌生人」那樣開放而謹慎的心情。

如同澤木耕太郎在《旅行的力量》獻給即將出發的旅人：「不要害怕，但請一路小心。」如果事先過度害怕而退縮，便將失去旅行最大樂趣所在。但也千萬別過度依賴仗勢自己始終順遂的幸運，將旅行的一路順風視為理所當然。

灰狗巴士上，南下靠窗位置，望出去，原先秋日蕭颯景色轉眼間已是一片白雪茫茫。望著流逝風景，兩個月來的經歷及南方所見一切，也不斷此起彼落，在內心浮現。車途中我輾轉一夜未眠。清晨近六時終於抵達紐約巴士大廈地下二樓。

外頭零下低溫，隻身拖著三件沉重行李，加上偌大巴士站如迷宮般複雜萬分，於是決定就近在原地速食店裡點了早餐，窩坐著等待九點可以入住旅社的時刻。餐後睡意漸漸來襲，戴上耳機趴在餐桌上，長途移動的疲憊導致睡眠斷斷續續，幾度模糊感覺到有人徘徊在腳邊行李放置處，但僅是硬撐著警覺，半夢半醒間勉強查看。

「先生，您還好嗎？」再度察覺有可疑之人，張開惺忪雙眼，恍惚間，一度還以為竊賊恰好被我逮個正著。但眼前這位高瘦黑人女性帶著關心眼神的詢問，讓我瞬間清醒過來，睜大眼睛巡視行李反覆確認，仍不肯相信——隨身最大的行李箱不見了。

「我剛在門口看見有位高高髒髒的流浪漢，匆匆忙忙拖著它往外跑，覺得可疑便進來看看。所以那件行李是您的？」我聽了焦躁慌張地問流浪漢往哪裡跑，可否趕快想辦法幫忙攔住他？同時與她一同衝至門口。她指著有數十台電梯的巴士大廈，束手無策地告訴我，流浪漢拖著行李按了電梯離開了，而且她不是警察，只是剛好經過撞見。

我邊央求她務必幫忙，邊快步跑回速食店，揹起隨身包包，拖著僅剩的兩件行李到外頭，擔心又被人趁機偷走。

「求求你，我來美國兩個月了，所有旅程中重要的一切都在那只行李箱裡頭。你們可否想辦法別讓他逃走？」找到警察，忍住不滴下半滴眼淚，我用極為沮喪微弱的聲音不停重覆說著此生最無助的「Help me, please.」。然而眼前這位警察臉上無奈的表情只更教人沮喪，彷彿早見多了這一類案件，他並未立即進行任何攔阻措施或尋人的動作，只是不停盤問那位黑人女性，不停嘆氣。接著要我跟著他上上下下走了長長的一段路進紐約警局，先做筆錄。至此，我的心已跌到最谷底。

向那位好心女黑人不停道謝後，我撥通電話，用微弱近乎顫抖的聲音跟波士頓友人訴說這一切。明知一切已無法挽回，又是人海茫茫、隻身作客他鄉，那通電話就如大海中一根浮木，或兒時捏著的安心被那樣，僅僅只是安慰自己此刻並不完全孤單。

警察邊安慰我，一邊官腔對我說：「這類案件在這裡並不常有。」惹得我情緒更為激動。看著警員們不急不徐，似乎早見怪不怪的處理態度，我歇斯底里地鬧起小小脾氣，質問他們為何這麼大的城市、這麼多的員警戒備，還是讓這種事發生，而且偏偏就發生在我頭上？既然各轉角都有員警站崗，為何不能通知他們積極清查巴士大廈？

「我們很抱歉，但事情就這麼發生了。」員警只是敷衍地應付著，邊問了些事發經過、行李裡有哪些東西之類的制式問題。一位看起來較資深的員警眼見再不喝止，或許我就要在原地鬧起事來，於是要我別再問任何問題了，並試圖打發我離開，等候通知。

離開警局前，我不斷央求他們讓我暫時寄放行李，待我四周搜尋完會趕緊回來李帶走。員警們用嚴厲不帶半點人情商量的口吻回絕了我。

一個人拖著兩件行李上到地面，早晨的陽光已灑滿整個紐約街頭，我的心卻比抵達時更加寒冷。想起波士頓巴士站那位好心的查票員見我帶著三件行李，還先提醒我每人只能攜帶一件，接著問我到紐約是否還需再轉車，以免他放行後最終還是受其它車站查票員懲罰。原來命中注定的事怎麼躲也躲不了。無力地在紐約街頭，花了近一個小時，逛了由四十二、四十一街及第八大道、第九大道圍起的巴士大廈幾圈，終究還是絕望地放棄，伸手招了計程車，回民宿辦理入住。

抵達民宿不久正想倒頭休息之際，接到警局打來的電話，先是說他們找到行李了，接著說：「但是很不幸的，裡頭只剩幾本書、幾張紙，沒有您說的現金、iPad，也沒有衣服。」他們問我是否要親自前往確認。

抱著最後一絲希望，我來到警察局，見到只剩幾本中文書、幾張無用廢紙的行李箱，轉頭淡淡回答員警：「沒錯，沒剩半點有用的東西。」一邊問他們尋獲的過程。原來流浪漢事發後從地下二樓搭乘電梯上到二樓洗手間，翻完後將這些殘骸丟棄在一旁垃圾桶。警方調閱監視器，只見模糊身影，完全看不清長相。我請求他們帶我到那廁所看看，警方說得等找到行李的那位女警回來。待女警回來卻只見他們相互推諉，交雜著三字經。女警說啥也不願再到那現場一趟，氣沖沖地掉頭走人。任憑我怎麼拜託男警，也只是敷衍說他此刻無法離開，邊揮手指著大略的事發現場方向。

最後，我獨自走過去，看了已被清倒過的垃圾桶一眼後轉身離去，並開始在巴士站裡搜尋各個垃圾桶。一看見滿滿的垃圾桶，內心竟浮現雀躍之情，忍著重重噁心撲鼻臭味，就想要將手往裡伸——絕望讓這世界、我的人生，如同此刻的紐約，開始變了樣；全身如被硬生生劃開一道傷口般的疼痛暈眩，傷痛彷彿就此住進我的身體，成為旅行地圖裡那些冷不防撕開的瘡疤。再觸探更深處，這世界不知還要如何殘忍地考驗我們的堅強。芝加哥、紐奧良一切宛如幻影。旅行，終究為了回家。

＊

「每一條靈魂都迷失在各自的地獄裡，還有一些人卻禁錮在瘋狂之中，無法在身體之外的世界立足。」保羅．奧斯特在《紐約三部曲》裡如此形容那些流浪漂泊之人。從墨西哥來到紐約工作兩年多的友人Kathy似乎看慣了這一切，安慰我說：「這才是真實的美國，真實的紐約。有時我也搞不太懂，他們甚至不想被幫助，甚至不知道好的狀況是什麼，更不去想最糟的狀況會如何。」

「去他的人生，我根本不在意這一切。」往機場的路上，想起中央公園Strawberry Field裡流浪吉他手堅強自信地吐出這句。或許總在一次次勇敢轉身離去後，在那路上，我們才開始懂得這世界終究並非我們所想像的那樣。一趟心靈的流浪旅程，還好，旅程的終點，是我的家。

FW：——2022

曾有那麼一段時光，旅行中，你的目光常被街頭藝人吸引，帶著好奇浪漫的想像，每個人身上，不見得都背負著一個時代，卻一定埋藏許多不為人知的故事。

輯三

折返在你與我之間

如果二十九歲時

可以預知今日的人生，

是不是就不那麼害怕

三十歲的到來？

還不懂得告別的 我們

勇敢說再見

與人接觸一直是我從做唱片到出版所熱愛的事之一，特別是讓創作者及作品與消費者、媒體面對面。唯有透過這個過程，每個創作故事才於焉完整。

他叫 Lulu，才一歲半。半年前，他母親 Fion 做出了人生重要決定，收起開了多年的繪畫教室，萬般不捨地告別了學生，也告別生長了三十幾年的台灣，跟著紐西蘭老公遠赴他家鄉，展開全新人生。

上個月，Fion 獨自帶著 Lulu 返台分享新作《出發．曬日子── Fion 的南法生活手帖》。就像是這段全新人生旅程故事的開端：Fion 在 Lulu 未滿一歲時帶著全家短暫移居南法普羅旺斯，並在回到在紐西蘭後，藉由不停畫畫創作記錄下南法那段日子，抵抗了異鄉的孤獨，面對全新的人生，同時創作出這本新書。然而這段異鄉生活，卻似乎成了 Lulu 纏繞心底揮之不去的一段記憶。

某日 Fion 前往電台宣傳新書，因通告敲得臨時，一時找不到褓母，我們便帶著 Lulu 一起到電台進行訪問。沒想到當錄音室 on air 燈一亮，Lulu 卻突然放聲大哭。怕影響錄音，我只得抱著他衝到電台外頭。或許是瞬間看到太多陌生臉孔受到過度驚嚇，幾天前還在師大巷弄裡願意讓我單獨牽著四處遊走的 Lulu，完全沒有受到安撫停止哭泣的跡象。哭聲驚動電台工作人員，紛紛出來幫忙，想盡各種辦法試著哄他，始終無法成功。

最終，這哭聲甚至驚動了電台的知名作家主持人——然而，看著幾個電台小女生圍繞著我手上抱著的小孩束手無策，在了解 Lulu 哭泣的原因後，他只冷冷丟下兩句毫無幫助的建議：「讓他體驗分離式教育。陌生人盡量越少越好。」旋即轉身，走進電台。要才一歲半的小孩就得開始學習離別，終究太過殘忍。整整近一個小時，他誰也不給抱，只是在我懷裡不停哭喊著：「阿媽、阿媽……」

幾個哭聲短暫停止的一、兩分鐘裡，從神情、聲音，不難察覺 Lulu 也在壓抑自制，努力強逼自己停止哭泣，試著勇敢堅強。只是畢竟還小，連他的母親在三十幾歲時面對離別，都仍得藉由創作，強迫自己練習接受適應，何況這樣小的孩子。最終，直到母親訪問結束，從錄音間走出來為止，Lulu 都未能停止哭泣。

Fion 在那本書裡記述了無數大人世界的離別與鄉愁，卻來不及記下一個小孩面對離別的最初人生記憶。有一天 Lulu 會長大，會有自己的故事；也許他會再回到台灣，不管悲傷或歡樂，希望他若有段難忘的人生故事，說書人會從這裡開始——這個他在一歲時離開，曾經勇敢練習說再見的地方。

陪自己旅行

夏天是旅行的季節。如果人生分成四季，青春就像夏天，應該多找機會到遠方旅行。能練習一個人跟自己旅行，更好。

青春的本質之一，是對人生總有許多迷惘與疑惑等待被解答、說服、安慰。旅行成了尋找自我的最佳方式。當然，有時旅行不需任何目的，只是在生活冗長貧乏的奏鳴後，調整呼吸節奏之必須。短暫休止符的空白，讓人生敘事有了高潮迭起的想像與可能。

如同青春，是對時光持續流動的暫時卻浪漫的擱置。一個人旅行，有時是料理生活挫折、傷口的一種儀式，讓人變得比想像中堅強勇敢。

第一次認識她時，我就知道她是一個堅強勇敢的女孩。那時她才剛踏入社會不久，藉著一次換工作的機會，一個人到紐約進行長達一個月的探險。正值青春年華的年紀，來到這個不僅包容來自世界各地的人、還包容各種情緒的新鮮大蘋果，花花世界當然吸引她睜大雙眼不斷探索。

只是，世界再如何多彩新鮮，都取代不了愛情在青春年華裡無可取代的重要地位。當時她與談了多年感情的男友遇到重大的波折關卡，導致她每天逛完大都會博物館、中央公園、第五大道、百老匯後，回到住處的夜晚總是在電話、網路兩端，與男友持續漫長而無解的爭吵。

年輕時第一次一個人出國旅行（或許也是最後一次），難得來到人人夢寐以求的大都市，她並沒有感受到想像中該有的快樂。

某天，如同許多人一輩子的企盼，女孩終於如願一個人走在布魯克林大橋上。中途，想起前晚在電話裡與男友嚴重的爭執，突然湧起一陣心酸疲軟：「我一個人走不完這段長路了。」她在心底掙扎吶喊。

望著眼前僅剩一半，卻似遙無止盡的大橋，跑步者、腳踏車、汽車……不時從身旁呼嘯而過。她並沒有如電影劇情常上演的，在異鄉突然崩潰抱頭痛哭，只是獨自一個人從布魯克林大橋上往下望，渺小人群中的每個人，全是如此微不足道。她突然覺悟，何不好好把握每個快樂的當下？看著來來往往邂逅擦肩的陌生人們，女孩忽然領悟，看似不斷直線前進的單向人生其實是個雙線道，只有自己是可以永遠陪著自己一路向前的那個人。

終究，她在一個人的異鄉，堅強地完成徒步走過布魯克林大橋的心願。返國後，明知已不可能一起走到盡頭，卻仍與男友斷斷續續維持這樣的爭吵，再糾結了半年多，才終於結束這段感情。那時畢竟仍太年輕，一直要到把鏡頭拉到遙遠的今日，回頭凝望那段歲月，她才懊悔忘了當下一個人的紐約是多難得的經驗，當時竟沒能讓自己好好開心，多留下些難忘的記憶。

如今，許多的身不由己伴隨年齡逐漸增長。那青春時跟自己漫長旅行的機會，再也不復可得了。

FW：——2022

人生總有那麼多當時你以為一個人走不過的坎，卻總在事過境遷後才明白，你只是需要等待與時間。

如果當時我們可以忍住，愛情就不會白幹一場。

陳珊妮
2013

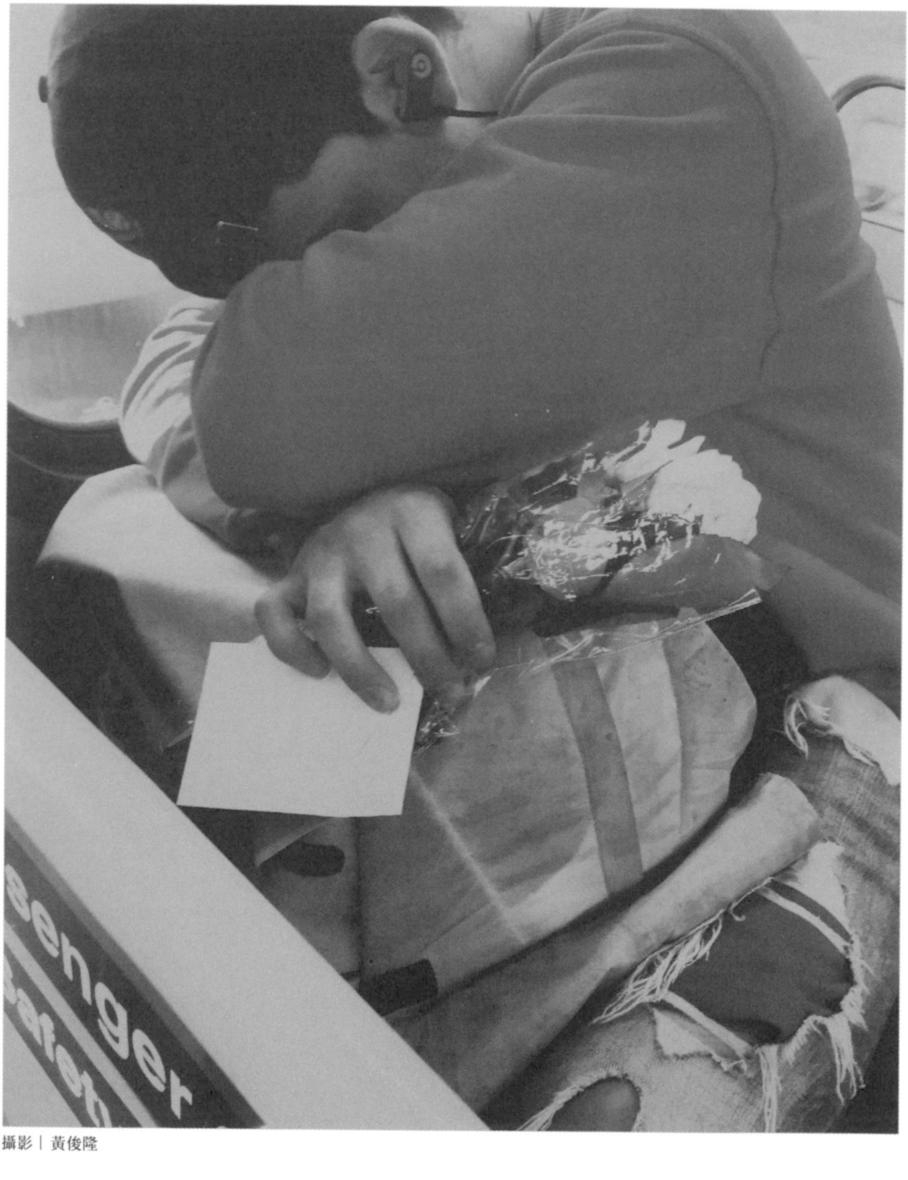

攝影｜黃俊隆

FW：——2022

日常片刻，我常不經意想起某些往事——某些缺憾——某些小小的不完美——某些想再重來一遍的時光……然後想起這句話。
二〇〇〇年，我在魔岩唱片擔任企劃，負責做陳珊妮《完美的呻吟》專輯時，她為文宣品所寫的文案。經過二十多年，它仍不時在我腦海中浮現。或許，我們都太常憶及往事；感慨what if——故事結局應該不同吧。
人生，無盡的what if。

球場人生，人生球場

某年夏天前往日本出差，每晚打開電視新聞，總可看到夏季甲子園最新戰況。毫不例外，這個日本傳統高校經典賽事，每年總有無數激勵人心的畫面。最動人的永遠不是勝方如何欣喜若狂，而是那些因為輸了關鍵比賽，高中生們抱頭痛哭的場景，即便就像任何球賽——不論在歷史數據紀錄上，還是人們的記憶中，最終留下的都只有獲勝的一方。

一場比賽，輸贏之外，往往還代表著追求挑戰卓越與極限的人生精神與態度，因此，不只贏球會成為過程中的重要印記，輸球也將使一個人的靈魂意志，在不斷奮戰淬鍊後變得更加堅定強壯。

自轉星球有支自己的乙組棒球隊，十多年前開始成立。最初還不叫這個隊名時，只是三、五好友在台北中正橋下晃蕩，三兩成群自成一組開始打起。後來在那裡認識、自動加入一起打球的人漸漸多了起來，終於湊滿九個人，才正式組隊。過程中隊員來來去去，有經隊友引薦入隊的，也有原來只是在中正橋下晃蕩尋找打球機會、經過聊天確認志同道合相處得來，便加入這支球隊的成員。

其中，有個隊友我們習慣叫他「蔡董」。蔡董入隊時還是個國中生小毛頭，毫無任何底子，只是單純基於對棒球的熱愛，加入了這支平均年齡大他將近一輪的球隊。不像那些科班球員從小以打球為人生重要志向，球賽對蔡董來說相對單純許多，贏球或輸球，與未來的人生發展並無任何關聯，無論勝敗、快樂或悲傷，都只是生活樂趣的一部分。

即便如此，當時還是國中生的蔡董，與這些大哥哥隊友一起打球，登板主投輸球時，還是常會一個人自責，難過地掉下眼淚。如詩的少年眼淚裡，除了好勝的榮譽心之外，或許還意謂著，青春歲月裡，當世界一切對他如此無動於衷，他多麼渴望在球場上創建出另一個戰場，好讓自己即早主宰自己的人生戰局。

一路跟著球隊打了這麼多年，蔡董已經大學畢業，也磨練成一個足以創下乙組比賽難得的完封勝紀錄的強投。這十幾年來球場上的拚戰過程，讓他從一個輸球後哭哭啼啼的國中生，蛻變成今日站在投手丘上，眼見身後隊友失誤，也能夠堅定自信、不時主動叫喊安慰「Don't mind」的強投，多少也代表著他已在球場勝負裁決的冷酷過程裡，建立起面對比賽與人生挫折所需的強壯心理素質，以及強健樂觀的心態。如今，在球場勝負之外，他也在現實生活中多了人父這個角色，必須扛起全家四口——另一支球隊的重責大任。相信已在球場上主宰比賽的蔡董，也已具有足夠的能力在名為「家庭」的這支球隊中，跟隊友一起繼續下一場人生賽事。

在自己的天空裡飛翔

小時候，眼見噴射機在天空劃過一道長長白線，總幻想自己有天能坐在上頭，跟它走進幻想中未知的國度。這是小孩子對大人世界的幻想投射，渴望快快長大，好擁有絕對的自由，絕對的夢想。

只是，長大後才漸明瞭，長大或許也意謂著越靠近現實世故，也就離曾經的夢想與自由越來越遠。

第一次搭機出國的新鮮與興奮，雖與小時候幻想的相差不遠，但近年因工作所需，搭機出國差旅成了例行家常便飯，幼時幻想逐漸消失，取而代之的，只是一次又一次重複的行程模式。目的地與行程，都在別人規劃設定好、彷彿「楚門的世界」裡，照著別人的指引走，藉由別人架構好的窗框，望出去千篇一律的風景，漸漸少了旅人該有的自由與驚喜。

因此這幾年，除了繁複的出差，我仍

盡可能維持年輕時一個人揹起背包的旅行，依自己隨心決定的方向，漫無目的地在異國街頭闖蕩的可能。

「不試試看怎麼知道？」電影《逆光飛翔》，便從這樣老掉牙的一句話開始。但這個看似老套的句子，卻也可能是對旅行、對人生的極佳註腳。

一個盲人鋼琴家要如何進入學校，享受跟一般學生一樣的正常學習過程？主角裕翔的母親在故事最初不顧親友的諸多疑慮，仍堅決抱持著姑且一試的心情，帶著兒子北上學琴。從一步一步跟著母親在校園裡計算步伐、記下行進的路徑開始，裕翔在看不見的世界裡勇敢面對這趟歷程。故事的另一平行軸線，是因為家境因素放棄舞蹈夢想的女孩，在拚命打工貼補家用的過程中，依然戀戀不忘年少時對跳舞的熱情。

兩個年輕主角在電影裡相遇，相互扶持打氣，最終紛紛走回自己最初夢想的跑道。儘管跑道盡頭等待的，未必是大人世界裡所謂的成功。

這個極為簡單的故事，軸線環繞著自我追尋所必然面對的人生課題：「我不參加比賽，別人就看不到我的存在嗎？」「自己喜歡的事物，如果怎樣也放不下，那就要更努力，讓自己的存在被看見。」從自我質疑、堅定決心，到故事結尾高潮：「我總是照著別人的方向飛，這次，我想用自己的方式飛翔一次」的勇敢，簡單的故事鋪陳，卻也碰觸了人性最原始單純的情感——夢想是什麼？

最壞的時代，總有最美的希望，沒有人命定該是失落的一代。找尋自己陽光照耀的方向，順著自己的夢想——即便逆著光，也要讓自己勇敢飛翔，一次也好。

FW：——2022

你終於如願去了紐約念書；翻越一座又一座的山丘——感謝那些給自己一次機會的勇氣。

青春的自我追尋

幾個月前，朋友們紛紛在臉書上轉貼一位職涯專家的文章：他在咖啡廳認識了一名電子科系應屆畢業、在那打工的年輕人，訝異於為何他不趁著年輕，先進入科技產業闖一闖，卻如時下許多人一樣選擇往咖啡館裡鑽。這位專家認為許多年輕人把興趣與專長混為一談，他主張要靠專長才有辦法賺錢養活自己一輩子，興趣有時不能當飯吃，不要把青春浪擲在「有趣」這件事上。

也因此，他在文中建議那位年輕人先進自己所學產業闖蕩一番。如果開咖啡館真是他的興趣，等至少試過兩年後再回頭來開也不遲。若一畢業就待在咖啡館，等哪天想再回頭恐怕就很困難。後來，專家在咖啡館裡與年輕人再度巧遇，他很開心年輕人想法似乎已有所轉變。

這故事在網路上引起許多討論。或

許從那位年輕人的角度試著去思考，就會理解如作家詹偉雄曾在〈憂鬱創業家〉一文裡所寫到：「大企業中泯滅自我的生活恰好是他們『不要的』，他們渴求的，是一種蘇格拉底所說的『被檢驗過之人生』（an examined life）。以「自我的追尋」為根基的創業家，即將成為台灣下一波經濟成長的主力，對於他們而言，『想成為什麼』（to be someone）的身分焦慮遠大於金錢利益。」社會環境轉變，自我價值追尋與社會集體教育間的認知落差所帶來的迷惘與焦慮，一直是這個世代的年輕人常面對的課題。

上週，我在出版社收到一名自稱是自轉星球長年忠實讀者的來信，信中娓娓細訴了他自身的故事：當年高職剛畢業時，一方面深覺自己的人生還存在許多困惑，同時為了不造成家中的經濟負擔，及不想如同齡同學只是為了上大學而上大學，於是，才十八歲的他，決定入伍服志願役，在成功嶺跟大家一樣剃了個大光頭一起受訓。

如今，他已二十二歲，熬過了四個年頭的迷彩歲月。比起同齡同儕的人生體驗，雖感覺自己失去很多，但也擁有許多別人或許無從體會的經驗。比如，當身邊同齡朋友人手一支智慧型手機，陪伴他的是一台僅能收聽電台的傳統老舊手機。信中他感慨，四年來，他意識到一個人內心的渴望，才是決定世界如何回應你的真正關鍵所在，而非環境的好壞。

或許只是單純想分享這樣的體會，在老舊手機電台的寂寥聲中，他在部隊熄燈就寢的某個夜裡，提筆寫下此信。

成長的過程裡，總有被命運、環境推著走的身不由己，或許正因如此，也才更反映出堅持選擇做自己、找到自己的路，有多麼珍貴——直到信末，從軍中郵政信箱住址，我才發現，這「弟兄」原來是個女孩。

有些事，不知道就算了啦

或許是因為處在一個瀰漫著焦慮與恐懼的社會，我們需要大量勵志書告訴我們幾歲前一定要什麼樣的人或只要如何就能成功；或者，以威嚇的語氣告訴我們若沒有怎麼做一定會後悔。

二十九歲那年，我帶著佯裝成勇敢卻極度害怕未知的心情，一個人創了業。當時我以為，唯有不時、不停放大興趣之於人生的價值，才能壓抑、逃脫這個決定加上三十歲就在眼前所帶來的焦慮不安。

三十（四十、五十……）歲的關卡真有那麼可怕嗎？如果二十九歲那年可以預知今日的人生，是不是三十歲就不那麼可怕？或許也就不會害怕三十歲非得長成哪副模糊的樣子不可？直到今天，我才稍稍懂得三十歲不是什麼特別可怕的關卡，因為更可怕（也或許沒那麼可怕）的事，永遠在未知的明天躍躍欲試，不停等著向你挑戰。

正面樂觀地面對一切挫折與未知挑戰，日子或許可以過得快樂些。或許人生裡，有些事不知道，就算了啦（你可能一輩子都不會、也不需要知道）。這是作家宅女小紅的文章常帶給人療癒效果的重要原因之一。一般女生面對情傷，常整天在家哭得死去活來，而她（當然也有哭得死去活來的時候）回顧這段歷程，經常掛在嘴邊的卻是：「之前我前男友知道我要出書，氣到撂下狠話，說妳在部落格上寫得還不夠嗎？現在還要拿來出書，乾脆有天把它寫成歌、編成劇好了。」如今，小紅的作品不但被改編成舞台劇《羞昂APP》，還搬上國家劇院實驗劇場與華山藝文中心。她因此常開玩笑：「你不覺得這樣很勵志嗎？這真是一段圓夢之旅啊。」

把漫長的情傷當成一段圓夢之旅，這才是真正勵志的故事（吧）。

雖然相對於世俗所謂成功、偉大的概念，有人會覺得這樣有些不太長進，但人生畢竟是自己的，而且也就那麼長（如同宅女小紅那本書的書名《空靈雞湯——從胯下界天后到勵志教主，宅女小紅告訴你這一生不知道就算了啦的一〇二個人生奧義》這麼長），誰說非得要聽信別人教我們該這樣或那樣，我們才能這樣或那樣？

千萬別誤以為《空靈雞湯》這書有多了不起的勵志小故事，隨便看則書裡的勵志小語，你便會懂得（若不說，還真不知有多勵志）：「買不起車又怎樣，至少不用擔心撞到人從此冤魂纏身；買不起房又如何，包租婆還要擔心房子被人種了鐘乳石呢。沒有就不用掛心，才能真正無牽無掛海闊天空哪。」

人生漫長，卻也短暫，我們大可放心這樣想：有些事——不知道就算了啦。

FW：——2022

你對物質的追求永遠沒有滿足的時候。即便有了房子，某天可能開始煩惱換房；車子亦然。有時想想，或許一無所有、無牽無掛，才是幸福。

不能沒有禮物的旅行

鑰匙圈、馬克杯、巧克力、風景明信片、徽章；巴黎與東京鐵塔，自由女神與大笨鐘。開始蒐集旅行時光的起點，或許就是透過他人旅遊時買回的紀念品，展開一段旅行的想像。

約莫二〇〇二年前後，我開始自己出國旅行，多數時光總是獨自一人。旅程中總想起朋友，想著他們拿到紀念品時的笑容，因此花時間慢慢挑選送給朋友的紀念品，成了旅行中莫大的樂趣。當然，也是個令人頭痛的困擾。我不愛買大量複製、觀光景點標誌的紀念品，尤其厭倦那些觀光客絡繹不絕的紀念品店。往往是在閒逛看見某物品時，心底浮現某個朋友的臉孔，然後心想：「他應該會喜歡這個。」

紀念品當然難如自己買下當時的想像，令所有朋友喜歡，但或許透過這些禮物，我更想帶回來給朋友的，是紀念品所無法傳達，那些旅行中偶然相遇的時光。

十月紐約的某個傍晚，已經不知第幾次來到古根漢美術館，隨興逛完展覽，在三樓的咖啡廳找個正對中央公園、我最喜歡的角落坐了下來。夕陽將要下山，陽光穿過落地窗灑滿屋內，這是我最喜歡的美術館時刻，邊喝咖啡邊望著窗外跑步騎車的人潮經過。

鄰座一位老太太似乎比我更著迷於窗外的風景，只見她臉上偶爾流露出幸福的表情。初秋下午三、四點的陽光異常刺眼，眩目的光線卻十分迷人。好幾個瞬間，老太太緩緩抬起雙手，不停對著窗外比劃著，雙眼幾乎就要瞇了起來。她手裡並沒有任何東西，只是藉著雙手手指，建搭出一個四方型的相機觀景窗，彷彿在蒐集一片又一片的當下光景。

終於，老太太滿意了，放下雙手。離開前，從包包裡掏出一疊鈔票，反覆地數呀數，似乎想再三確認手上還剩多少旅費。

究竟是積累了多少的青春等待，才讓老太太終於實現這趟旅程，並急於留住眼前的大好時光？

終究任誰都無法帶回旅途中偶然的難忘時光，但老太太雙手交疊出的觀景窗，是旅途中令我難忘的一雙年老、卻仍好奇探索世界的雙眼。

無論別人口中的旅行再怎麼美好，唯有自己起身上路後，才能開始真正屬於自己的旅行。

異鄉人的雙眼

「Where is your second hometown?」前陣子英文老師上課問了大家這個題目，當全班同學陷入沉思之際，他又立即補充：「回答這問題前，你得先確定，何謂 hometown？」有的同學回答是出生的地方，有人覺得應該是人生待最久的地方；也有人說，對一個人的人生最重要的地方。

故鄉之於每個人，顯然存在許多不同定義。也因此，基於不同原由，每個人一生中，或許都可以找到屬於自己的「第二故鄉」。

音樂才女、金曲獎與金馬獎雙料得主李欣芸相當熱愛旅行，從《國際漫遊》、《故事島》到近日剛發行的《心情電影院》配樂專輯，她創作的音樂作品裡，許多音符裡都讓人聽見旅程結束後留下的足跡與故事。隨著樂音浮現的畫面，都像是在召喚你趕快啟程出發，前往音樂帶你想像到的遠方。這樣具想像渲染畫面的音樂魅力，除了來自於她厚實的音樂訓練，也源於長年來對旅行的熱愛。我們認識十幾年裡經常聊到旅行，卻一直到二〇一三年，波士頓才意外成了我倆共同的第二故鄉。

那年秋天，我準備出發前往波士頓遊學，因欣芸曾在當地 Berklee College of Music 留學三年多，因此她在我出發前一週約我見面，細心地為我介紹波士頓生活相關資訊。方向感極佳的她，憑藉著久遠的印象，在我的旅行筆記本上畫下她個人私藏版的波士頓地圖。我便靠著它，一步步認識了波士頓。

後來，這張地圖成了我對波士頓最重要的記憶辨認指引。每當想及這個城市，地圖的細節便會自動浮現腦海，同時指引出各種當時旅程中的吉光片羽，仍舊歷歷在目。

冬天我便結束遊學回到台灣。儘管只是短短三個多月的短居，卻讓我的心一直停留在波士頓生活的種種，難以融入原本熟悉的日常生活。

後來在 Sigur Ros 演唱會遇到李欣芸，我跟她提起這難受的煎熬。沒想到她也曾有過相同的經歷。當年從波士頓學成歸來，她與台灣流行音樂圈之間一直有嚴重的格格不入之感，不時想逃離，重回波士頓。甚至偶爾難免懊悔，責怪自己：「為何畢業當時不選擇待在當地隨恩師們發展，只因對台灣還懷抱著音樂夢，而選擇歸來？」

沮喪之餘，她心中不時期待可以藉由手邊的音樂案，有重回第二故鄉的機會，進行記憶彌補。後來她幫何欣穗製作了入圍金曲獎最佳製作人的《完美小姐》，並創作了個人作品《國際漫遊》，終於如願「借公濟私」，再重回心中念念不忘的第二故鄉進行專輯錄音製作。

當時聽完欣芸的故事後，我稍稍釋懷了些，日子也在不知不覺中一天天過去。幾個月後，我自然而然又完全融入現實生活常軌。那段遊學時光，似已暫離我遠去。只是偶爾在生活縫隙中，常有突如其來的疑惑：「那段旅行，對我的人生來說，究竟存在著什麼樣的意義？」

我唯一可確定的是，波士頓已如我的第二故鄉，心中三不五時便會浮現「想要再回去看看」的念頭。

長大後，喜歡大的月亮

「回家吧」三個字，總在人生不同時刻場景令人百感交集。

每個人多少都有遠近不同，長短不一的離家經驗。對於一個經年累月離家在異鄉打拚的人來說，體會或許更深。攝影師李屏賓在電影《乘著光影旅行》裡著墨了工作離家的複雜深刻心境：「人生常常是無可奈何，如果為了跟家人常常相聚，為了跟兒女能夠每天在一起，可能我根本沒辦法參與喜歡的工作，可能我會有別的工作或者什麼，但我可能一生都不快樂。當然可能，這麼一來也會造成家人的不快樂。」

這讓我想起一位朋友，明明是極為戀家的人，近日卻毅然放棄已找上門的大好工作機會與優渥薪水，隻身飛往異國工作。我說他好勇敢，他卻說其實他很想家。我問他，那為何離家？他說：義氣，為了朋友。但他真的很想家。

回想一生，我們不都是從小便開始慢慢練習離家，一步步離家越來越遠，眷戀卻越來越長。

鄰居有個可愛的小孩上紘，他兩歲多時的某個傍晚，我見他無事閒得發慌，試著用他媽媽的腳踏車邀約，想載他四處去兜風逛逛，打發時光。或許關在家真的無聊至極，沒想到他竟也興高采烈地坐上了車。

不過，短短才離家不到三百公尺，一回頭，才驚覺後座的他兩個眼角硬是忍著幾滴淚水，悶著不哭出聲，展現了小男兒的堅強與倔強。我心疼地問他要不要掉頭回家，他卻搖了搖頭。於是我們一路往台大校園方向前行，不到三分鐘，愧疚感迫使我帶他掉頭回家。

回程，經過社區公園，晚風樹梢間透映出一勾明亮弦月。我提醒他抬頭看看，他看了後，堅定地轉頭向我說：「我喜歡小的月亮。」突如其來的一句童言童語使我愣了一會，才充滿大人世故，誘導式地好奇問著：「那長大以後呢？」他嗯嗯唔唔猶豫半天，看得出硬是勉強地擠出了答案：「我長大後，喜歡大的月亮。」我笑了，感到有些百味雜陳。有天，當他真正長大，小月亮真的會變成了大月亮嗎？

「月亮 bye-bye。」回家路上，朝往與月亮相反的方向，我告訴他要回家了，快跟月亮說再見。他天真地照做，邊揮手，邊不時頻頻回頭看，像是怕錯過什麼。

我在心底藏著，沒告訴他這個祕密——長大後，有那麼一天，我們會開始討厭練習說再見。

為自己綻放一束花，不為一棵樹

我們對下一代多餘的擔憂與過度的關愛從來不曾匱乏，幾乎成為包袱，偏見則泛濫如唱衰的詛咒。或許我們需要更堅定的自信與勇敢，讓自己快樂，回應以最溫柔的反叛。

如果世界普遍對經濟前景茫然看壞；如果連大人、大企業家都難力挽經濟預期的衰退……我們看待年輕人眼前的進退維谷，能否甩開傳統的、成功偉大的老舊偏見，有全新不同的角度與更多的理解包容？

終於，開始有鼓動年輕人更加勇敢狂野，肆無忌憚地去追求自己想要的生活，令人興奮驚喜的聲音——某年簡單生活節的口號「We are young, should be wild.」主張與其哀嘆下一代像是失落、垮掉的一代，不如用「轉折、蟄伏的magic hour」來想像。

上週與一位長輩相約聚會，他分享了一則不久前遇到的故事。他好友的寶貝獨子，從小到大是個標準模範生，在國外名校拿了學位，返台在頂尖律師事務所高就，年薪上百萬元。一切依循父母早為他鋪設好的道路前進，一路走得順遂。只是，執業後日以繼夜加班審案的壓力，讓他厭倦了這樣的生活。父母不知如何是好，找來這位長輩與他們一同商討。席間，兒子掙扎許久，終於脫口請求可否辭去工作？父母不知所措，彷彿二十幾年來對他的期待與為他設定的目標瞬間崩毀，勉強回以：「那你想做什麼？」兒子侷促扭捏，明顯不安，暫且起身逃離，往餐廳洗手間行去。

幾分鐘空檔，長輩問老友：「你們在怕什麼？兒子工作一、兩年，收入頗豐，即便暫不工作，應該也不至於餓死吧？」夫妻啞口無言當下，兒子回到座位上。「爸、媽，我可不可以先好好生活一陣子？」幾十年望子成龍的傳統價值觀一夕崩解，兩夫妻露出也只能暫任他為所欲為的無可奈何。

半年過去，這個兒子終於找到自己心中真正的人生價值，也找到生活的目標——他進了NPO組織，憑著流利的語言能力及高等學位，同樣有著優渥的薪水，更重要的是，生活變得快樂了。每天晨起，他不再為了只是追逐別人期待的成功而感到迷失茫然。

這故事讓我想起台灣品牌蘑菇的書《在島嶼的角落生起營火》，裡頭有這樣一段話：「有些時候，會忍不住多想些什麼，總想要讓自己生活裡多一些什麼……原本我們就在角落裡尋找著屬於自己的生活……一起，用夢想生起了熊熊營火。」

「你要好好為自己綻放一束花，而非只是長成別人期待的一棵樹。」

在那故事後，在離開餐廳前，長輩留下的這句勸勉，深深地印在我的腦海。

FW：——2022

青春，會有些時光，你迷惘自己的方向，不知究竟會長成什麼模樣，卻常忘了，把握年華當下，不為外在眼光，好好為自己綻放一束花。

我那遊唱異鄉街頭的生活詩人朋友

「我．是．遊．唱．詩．人……」

書寫的同時，彷彿又重回那天聚會時光。那位一直在路上，僅有一面之緣的朋友，此刻又流浪唱到哪個城市？

一直對「遊唱詩人」之類字眼充滿難以盡信之問號，這個詞流露過多現代資本社會對流浪過度浪漫、不切實際的幻想，以滿足某種消費之必需。只是誰被滿足？誰滿足了誰？如此泛濫與務虛，就好比時下常聽見的「軟實力」「文化創意產業」之類字眼帶來的麻痺。

但那晚從財哥口中聽到這個詞，心卻微微顫抖。他的歌聲中每個音符流露的都是人生。

那晚，因緣巧合幸獲出版社發行人M之邀，大開眼界體驗了一群事業有成的企業家間的固定聚會。地下室裡，一道道佳餚接續上桌，佐以依續開瓶的各年份紅酒、甜酒。眾人熱絡地談論工作以外各種生活話題，笑聲不斷。就在誤以為餐宴將在最後開瓶的甜酒中結束之際，某金融業發言人B為大家介紹了剛從美國回來的財哥。每年返台不到兩次的財哥，是B的聲樂兼吉他老師。

財哥緩緩從硬盒裡拿出古典吉他，在幾首義大利民謠之後，接連唱起〈Take Me Home, Country Roads〉、〈恰似你的溫柔〉、〈黃昏的故鄉〉……等在場人人耳熟能詳的英語、國、台語老歌。幾經B不停催促：「財哥你唱一下上回返來唱的林強那首歌啦！」

是〈向前走〉吧？為何B如此期待？簡單幾個前奏撥弦後，財哥終於唱了起來，全場靜默沉醉在他道地、略帶滄桑的台語歌聲中。歌曲走到重覆第二段時，我難掩激動與感動跟著開口，B把我推向財哥身旁：

「待在田莊的少年家／坐在那田岸吃西瓜／問伊將來有什麼計畫／伊歹勢回答頭垂垂／伊說平常時沒想這多／常常嘛在摸蛤仔捉水雞／阿爸有交待一句話／叫我就愛好好甲傳下去／天和地／草和花／人所愛的／命係啥貨……」

像是演唱會上的安可曲，往往準備的不是大家耳熟能詳的K歌，便是刻意出乎眾人預料，讓記憶停留在意猶未盡的小品。終年旅居海外的財哥選擇了後者，以這首少為人知的林強〈天和地〉征服了在場所有人。大夥早已酒酣耳熱，財哥放回吉他，有人接續離席，我的思緒還停留在剛剛財哥的歌聲中，捨不得離席。一杯杯紅酒，一則則話題，大夥分享著他們寶貴的人生經歷與哲學，始終不談事業，不談成就。

雖是初次碰面，財哥卻熱情地不停向我敬酒話家常。

「我是遊唱詩人啦！到過世界二、三十個國家，平常就在各個異國街頭騙吃騙吃。啊不過，也係台灣卡可愛！恁不相信，我每回在異國遊唱，我攏甲他們說我是台灣來耶……」財哥話裡流露著歷經歲月洗練後對家鄉的眷戀。

人生漸漸邁向中年，流浪已非年少時浪漫。那晚，我望著財哥略顯發胖的身軀，腦海不停繚繞著方才他的歌聲……原來，這才是真正的遊唱詩人。當我們不時從報章媒體看到壯遊、在路上、gap year、休耕、流浪等詞彙，是否真正認真想過，要幾時起身、前往哪個嚮往的遠方，如何用身體去闖、真正實驗各種人生的可能與未知，不讓這些詞彙僅僅是布爾喬亞風情的矯柔作態？還是任憑人生僅剩口號與錯過？我想念財哥，想念他「腳踏實地」的人生，堅強地流轉於各異鄉街頭與午夜夢迴間。

哪裡都可以是家

我要搬家了，但什麼是家？

某年伍佰出版《雙面人》專輯，我應邀參與由詩人楊澤主持、可樂王與伍佰對談及內容整理。楊澤不斷讚嘆專輯裡〈下港人在台北市〉這首歌是如何深入反映出當代台灣人心與社會面貌對照出的風景：「返故鄉台北等我／置台北故鄉等我／若是故鄉在台北／煞不知會變安怎……」

當時隻身北上打拚才約五年，無法完全感受歌詞想傳達的一切。七年後，即將第三度搬家的我，彷彿稍稍懂了一些。

北上打拚的十二年，超過一半時間寄居於房東徐家的房子。他們待人完全不像一般印象中的房東，更像和善的父母長輩，像我記憶中的家。

平日見我無事在家，徐媽常邀我到他

們家搭伙用餐。若因為方便，房租提早一、二天繳交，他們也總是滿臉謝意地說：「安捏，佔你便宜歹勢啦。」逢年過節，總不忘對我噓寒問暖：「按怎嘸返去下港過節？」遂熱情邀請我一同過節用餐。

我們同樣來自下港（彰化）。徐爸自幼北上學習製麵，一落腳，三、四十年的時光飛逝而過。如今，六張犁一帶麵店所使用的麵條，一半以上出自他們充滿歲月溫蘊刻痕之手。用日本「職人」一詞來形容他們，尚且無法精準傳達這間店給我的感覺——福興麵店充滿下港人的敦厚溫暖與善良純樸，濃濃的人情味，更接近我小時候住在鄉下時的印象。好比每年農曆尾牙、清明節，麵店門口總是大排長龍準備購買春捲皮，卻常見徐媽勸示客人：「買夠吃就好，留些給後頭等待的人。」

房東一家人讓我想起了兒時成長過程中，大人如何教育小孩做人的道理——要懂得世間恩情，莫忘自己最初的成長環境。一切原本該像那樣的。印象至深，「吃人一斤，還人一斗」是小時候阿嬤最常語重心長教我們的一句話。她離開前，對我的最後一句叮嚀是「愛認真勤快，毋湯活力吃懶惰做」。這些全是典型傳統台灣社會裡彌足珍貴的人情義理。

有段時間，房仲帶我至新店尋找新住所。但無論房子多麼富麗明亮，總是無法令我心動，也讓我始終逃避搬家一事。朋友力勸：「搬家，可以讓人生有新的開始，產生前進動力。」我才下定決心試試，但心裡仍只想留在六張犁一帶——我知道我多捨不得離開。

原來，哪裡都可以是家。終究，家只是個記憶情感牽掛所在，留不住永遠的地方。

FW：——2022

年少時，你一個人北漂，換了許多工作；交了些女友；住過許多地方……
最後才發現，你真正在追尋的，不過是可以讓情感安棲的所在。

記住你青春無畏的樣子

那時，我剛畢業、退伍，心中滿懷理想，眼前彷彿有個無邊無界的大舞台，催促我粉墨登場。十幾個暑假過去，望著紛紛踏出學校、軍營的年輕朋友，眼中閃爍著夢想的光芒，我不再是不知天高地厚、無所懼怕的年輕小伙子，卻變成一個喜歡搭舞台的出版、經紀人，靜靜在角落看著他們從後台一路帶著自信或者懷疑，走上舞台發光後，享受掌聲、享受他們終於成為自己想要的樣子。

什麼是自己想要的樣子？

有時看著我的作者遇見困境，流露出茫然眼神，我會跟他說：「描繪好，告訴我你自己想要的舞台是什麼模樣，然後一起大步勇敢踏上去。不要某天當身邊的夥伴好不容易幫你搭好了小巨蛋的舞台，final countdown 時，你才縮到一旁畏懼地說你只想踏上河岸留言就好。舞台沒有大小或好壞，只有是不是你自己想要的。」

如果舞台不是自己的選擇，即便踏上了小巨蛋，都可能覺得腿軟羞愧，名不符實。

但又有誰真正知道自己想要的舞台在哪裡？多數人，大都如我初入社會時，只懂得用世俗眼光與價值建構自己的未來。成立自轉星球文化的前幾年，我經常對自己所做的事心生疑惑。出於人性必然的起心動念，也想嘗試媚俗，隨波逐流地出版些大眾暢銷的主流題材；不堅持僅做本土創作或原始版權，也不堅持一年只出幾本書……。直到近兩年，好不容易才鞏固自我人生的中心思想，學會堅持自己的樣子，不做別人的影子。我漸漸理解，該要有自己堅持追求的信仰主張，才能創造出讓自己樂在其中的舞台。

自轉星球至今累計出版逾五十本書，表面看似毫不相干，但均有我想傳達的「角落人生風景」觀點。每本書完成的各個環節，包含選題、企劃、編輯、活動……都竭盡所能，為自己堅持的樣子，不停實驗、衝撞，然後把角落故事，盡可能鉅細靡遺地完成搬上舞台，被看見。

每件事在角落各自綻放自己的美麗姿態，聚集起來就是一幅繁花盛開的花園美景；一個個小小的游擊爆破，串連起來就是一場革命。以前恨不得每顆種子最終都被養成大樹，慢慢才發現他們各有自己想選擇或該成為的樣子。在身兼創作者經紀人的學習過程中，我練習、學會享受並欣賞他們為了自己的創作，在舞台後默默地不苟堅持，然後克服不安走上發光的舞台，那是美麗的自我完成之旅。

攤開初入社會時一長串的夢想清單：開廣告公司、做出得獎唱片、做出流傳經典……追尋的盡是結果。直至今日才稍懂得，夢想清單最大的意義，是享受到達目的地之前的過程，最好盡情地「一路玩到掛」（電影《The Bucket List》中文版片名），否則結果只會換來空虛。最近某支廣告概念訴求「記住你青春無畏的樣子」，因目標對象精準鎖定在初入社會的求職新鮮人，引起了廣大的共鳴。但若這群人的人生再往前多走幾步，我會希望他們可以跟我一樣了解到「記住你單純無畏的樣子並堅持」，以及我的作者孫大偉所說的「莫忘初衷，全力以赴」——那是人生最難的追尋與永恆的課題。

從臉書起身離開

現實生活的人際關係有時令人沮喪。好比原以為可以一輩子要好到老的閨密姐妹淘，卻因某個不經意介入的男生，鬧得翻臉行同陌路人；眼睜睜看著曾經的死黨，漸漸變成你所不喜歡的樣子，你卻只能旁觀，無以置喙挽回。或者，一場主動掏心掏肺的分享，最後竟擦槍成誤解口角……。我們常無助於失效的人際互動模式裡。

我因為工作性質的緣故，其實極需臉書及手機作為工具，一度為了決定好好專注編輯《練習》雜誌新一期內容而暫時關閉臉書。豈知緊接著，手機不慎掉進水裡，溺水而亡。一瞬間，我以為我幾乎失去所有可以數字量化的朋友，焦躁地歇斯底里起來。

早習慣了手機、臉書世界裡的人際互動模式，在對外通訊天線失靈的那些日子裡，有時獨自在街上的某個瞬間，或在餐廳等候上菜的一小片刻，我偶爾會想起，在腦海裡翻遍那些 list 裡一個又一個朋友，他們現在身邊正經歷哪些故事？他們是否察覺到，在當下某個時空角落，有位失去與他訊息交集的朋友，正默默地關心著他們——當然，也期待同樣被默默關心著？

然而，就像深夜關上燈後，某些失眠等待天亮的夜晚。沒有人會注意到這一晚有個人為了什麼原因而失眠，就像明天的太陽不會為了你的等待而早些昇起。

或許僅僅是無賴地向時間撒嬌的賭氣方式——時間流逝得太快，我以為關上臉書、沒了手機通訊錄，可以將世界一分為二，讓自己藏身於時間洪流之外，隔離那些我不願目睹或無從插手參與、喧囂多變的世界。

失去臉書與手機的日子裡，我與世界相安無事。這世界彷彿什麼也沒發生。直到在某個真實的面對面互動裡，聽聞那段時間有人離開了人世、有人離開了婚姻，有人則離開了這個城市，結束某段生活。我們聽到的，總常是「之後」的故事。此後，我開始慢慢練習面對、接受人生許多事非我們所能掌控預料。某些當下過不了的關卡、放不下的執著，在時間的鏡頭不停遠遠拉長後，竟顯得如此微不足道。

我們先是懂得珍惜，然後才學會放手釋懷。我想起出版人也是作家的陳雨航在《小鎮生活指南》一書裡兩個少年的話：「至少在這個夜晚，至少在我入睡之前，星星要一直亮下去啊。」至少在墜落失去前，我們珍惜每個相視時刻的燦爛，不管多麼地短暫。

在旅途中尋找i

年輕時因為害怕迷路，出發前總是得做詳細資料蒐尋，旅途上，左手地圖右手相機，一眼便被看穿是個標準旅客。但旅行對一個人來說，真正想尋找的究竟是什麼？是那些嚮往的觀光景點？還是旅途中看見的自己？

作家詹偉雄曾說：「在確定的生活世界中，人多會習以為常、按照慣例去過生活，唯有把自己放在一個不確知的風險中，恐懼被推到極點，生命到了某個極限的經驗，會讓人直接面對自己，才能看到自己是什麼。」年輕時對人生方向與意義產生迷惘，為了尋找內在自我，曾好幾年迷上一個人在異國陌生街頭的驚慌與亢奮。弔詭的是，當我試著體驗在恐懼中面對真正的自己，卻又像是生存本能一樣地，在過程中竭盡所能，為了讓不確定性降到最低，建構有慣例、清楚方向可尋的行程。

二〇〇六年隻身前往歐洲，在維也納 Hallstatt 山城遇見幾位台灣旅客及當地留學生，一起租了車結伴在湖區同行。山中小路蜿蜒，有時就連GPS都會帶著你走投無路，奔向河岸或者山壁，於是我們改選擇按著傳統地圖前行。

背包客老手 Amanda 領著大家，每到定點便四處尋找 i（information）。問了服務人員、拿了地圖，便依地圖開始尋找接下來的各景點。此後，「尋找 i」成了我每到一個陌生地方旅行，面臨大部分問題時心底立即浮現的解決之道。這習慣雖有助於消除心中的不安，但有時執拗於依指示到達某地點，光是找路也會耗盡許多時光。找路的代價如何，還得看最終抵達的目的地是否能滿足你原先的好奇與想像。

對於一個方向感欠佳、沒什麼景點非得前往不可的旅者來說，依地圖找路實在太不經濟。約莫三十歲後，自助旅行之於我，變成對未知與驚喜的渴望。我不再安排每天行程，有時連旅館也都是在出發前預先查了相關資訊，到了當地再看著辦。每天一早離開旅館，只約略記一下地圖大概的相對位置，便憑著直覺朝約略的方向出發。我開始體會享受迷路、不依既定路線才可能有的不期而遇之美。開始享受旅途中的飄泊未知後，也慢慢理解：錯過，能有另一種驚喜的遇見。

好比人生，沒有非得抵達的終點不可。在這樣的旅途中，你會開始思考，處在日常慣性裡的自己，哪些是真正需要的；自己真正想要的人生樣貌又為何？習慣了一成不變，習慣了生活非得要有目標、規劃不可，當有天醒來，不知自己的人生身處世界哪個座標，就像丟了地圖時，面對未知的恐懼，人們該如何勇敢跨出下一步？生活的下一秒往東或往西，有絕對的正確必然性嗎？

幾趟旅行的迷路過程中，偶爾誤闖進當地人家的庭園生活，體驗了觀光客難得看見的村落日常作息，當地人還熱情地帶領我們穿越彎曲小徑，走回地圖上的大馬路，最後不停揮手向我們告別。迷路的代價，收穫的常是這樣足夠紀念一輩子的畫面。

某回隻身前往澎湖，下了飛機便前往i。也許是推動觀光服務的日益成熟，當地志工熱心詢問訂好旅館沒？住幾天？想去哪玩？有沒有查過資料……服務之熱情，實乃這些年尋遍國內外的i前所未見。儘管只是一座小島，志工卻千叮嚀萬交代，該如何走到民宿，最後就連「沿著雙黃線走才對」之類的指示都一再強調。

迷路了頂多繞點路，有什麼嚴重的？不迷路怎知哪條路是對的？在旅途中尋找i，真正需要的或許只是一趟迷路的冒險，練習不怕迷路。

相信你自己

「一段旅程或許就是一生的轉折點。二〇一一年五月，柬埔寨。」

畫面中的女子打著赤腳，長髮及肩，獨自一人揹著包包，盤坐在老舊木船上。清亮的雙眼若有所思地望向遠方。木船停泊在荒草雜生的湖泊中，下一秒，不知它將漂向何方。這是LV品牌系列Core Values的廣告之一，當年找來影星安潔莉娜・裘莉（Angelina Jolie）當主角。

無論是二〇〇七年前蘇聯總統戈巴契夫（Mikhail Gorbachev）車行於柏林圍牆外傳達的——「一段旅程，讓我們勇於面對自己」；或者，二〇〇八年蘇菲亞・柯波拉（Sofia Coppola）和法藍西斯・柯波拉（Francis Coppola）這對影壇知名導演父女檔在新片拍攝片場布宜諾賽勒斯市郊，父親手執劇本與躺在草地上的女兒懇談，所要傳達的——每個故事都蘊含着一段美麗的旅程……幾年來，ＬＶ藉由 Core Values 行銷廣告的拍攝，的確讓不少消費者對ＬＶ所創造的旅行內在價值象徵，以及與其品牌印象之間的連結留下深刻印象。

我們無從揣測——當戈巴契夫姿態僵硬，神情木訥坐在老式汽車內，行經美國總統雷根在一九八七年的布蘭登堡發表演說，希望他拆除的柏林圍牆時，在灰色的天空下，窗外破敗的柏林圍牆殘址前，回首往事的戈巴契夫當下內心是否悲喜交集、洶湧翻騰，迫使著他勇於面對自己？當然，我們也不會明白，因拍攝《古墓奇兵》而來到柬埔寨，致使人生產生天翻地覆的改變，因而答應ＬＶ這支廣告拍攝的安潔莉娜・裘莉，當初那趟旅行，對她究竟產生如何巨大的影響……但是，這幾年藉由全球知名人士與他們人生故事的緊密結合，一系列廣告所累積出的品牌價值，讓我們不禁要思考，究竟，是旅行帶來人生新的故事轉折，讓我們勇於面對自己？還是因為擁有了ＬＶ，及其背後所代表的意義象徵？

這讓我想起二〇〇六年在編輯企劃《不如去流浪》一書時，曾讀到一則媒體報導：有群三十幾歲的貴婦，擔心年老後無人照養，相約到時要揹著LV包包，一起去流浪。捨棄不掉LV的流浪，嚮往的是流浪本身或者是名牌包包？追尋的是流浪途中遇見的自己，或者流浪本身所傳達的過於浪漫的遐想？

我忍不住刻了個橡皮章，在每本書的內頁蓋上「有時候，我們活得不如一個流浪漢」字樣，暗示、提醒讀者，旅行、流浪背後真正的價值與思考。一段旅程，真的極可能帶來一生至大轉折，但這轉折絕不在於你因此走上擁有名牌包包的人生，而是那個在旅行尋找內在真正自我的途中，找到人生的意義與方向。

廣告絕不會告訴我們這些。

女人愛包，男人愛車，讓我們回到電視上不停強力播送的汽車廣告看看：身穿小學制服的小男孩坐在高級房車裡，身旁駕駛座坐著父親。小男孩在車裡一如許多人的成長經驗，在作業簿「我的志願」的題目裡，用鉛筆寫下「……當大老闆」。多年後，當小男孩長大，輪到他坐在高級房車的駕駛座上，他突然有感而發問起了小時候坐在這個座位的老爸：「我這樣算成功嗎？」

廣告背景音樂播放了李壽全演唱的〈張三的歌〉：「……雖然沒有華廈美衣裳，但是心靈充滿了希望。」搭配廣告最後一句OS「相信你自己」為整支CF下了註腳。溫馨的故事訴求，打動人們由此勵志奮發向上（努力賺錢，買部高級房車）。

但仔細回想這部廣告，它所要傳達的主張真的是「不管成不成功，相信你自己就好」嗎？

如同許多房車廣告，背後企圖潛移默化，影響我們這些消費者的，不外乎「擁有一台高級房車，才是你真正在這社會上打滾的身分地位象徵。」（所以題外話：在公司，車子千萬別開得比你的老闆好啊！）於是，我們這群百分之九十九的貧窮階層，開始日以繼夜拚老命，努力往百分之一的社會頂層爬。但終究某個片刻會恍然明白，名牌包、高級房車之於現實生活本身當然重要，但卻不是人生快樂與否的最佳保證。

相信你自己——人生如同旅行，真正的成功快樂、真正難忘的旅程，絕非名牌包或高級房車（頭等艙），而是我們在旅程中所感受到的自我，以及所留下的故事。這些旅程讓我們的人生，真正活得精采、活出自己（抱歉，又是另一部房車廣告）。

當世界球后回到家鄉

每個人一生都有許多不同角色需要扮演；每一個閃亮的身分背後，總有最真實平凡的生活。我們不會疏於歌頌每一個偉大頭銜，卻很少費心知曉名字背後平凡卻更為永恆動人的真實人生。而真正的成功者，並不會因為任何一個一時頭銜加冕而迷失。

二〇一四年，舊金山巨人隊拿下五年內第三座世界大賽冠軍，創下了史無前例的偶數年傳奇。當球季結束，大家或仍沉浸在傳奇帶來的驚喜、尚未回過神來時，兩則贏球大功臣的季後生活報導，把鏡頭拉回現實的人生。

「日子還是一樣，我太太每天晚上總會叮嚀我記得下樓倒垃圾。」在媒體詢問他拿到冠軍戒後，球季結束的生活有什麼改變時，巨人隊總教練 Bruce Bochy 平淡地這麼回答；當大家仍在回味議論

Madison Bumgarner季後賽鬼神般的表現時，媒體登出了他在森林裡帶著如站在投手丘上的銳利眼神，專注砍樹的照片。

拿下許多球員渴望一輩子的世界大賽冠軍戒指後，Bochy仍是每天被太太使喚下樓倒垃圾的丈夫；Bumgarner仍是經常扛著斧頭上山伐木的樵夫。

二〇一六年，台灣羽球好手戴資穎在奪下香港公開賽冠軍後，累計積分晉升到世界排名第一，從台灣球后攀上世界球后的高峰，也是台灣好不容易出現的世界排名第一運動員。媒體一窩蜂爭相報導這位人人親切喊著「小戴」的世界球后。當然，沒有任何一則報導，可以速成廉價地讓我們完整了解這位今年才二十二歲的球后，背後辛苦而漫長的成功之路。但從對小戴的日常生活側寫，能看到偉大頭銜背後真實人生的一面。

私下的小戴是個極度孝順的孩子。某日，我到高雄小戴老家，陪同她拍攝公益廣告。受颱風影響，這一整天滂沱大雨下得沒完沒了。小戴全家平常五、六點便起床，在大雨中騎著機車互載，往返球場與家中，「小時候就是這樣啊！我們夫妻每天騎著機車載她到球場練球。」戴爸爸早已習慣，不以為意。直到近中午拍攝即將殺青收工，小戴也卸下廣告角色，轉換回歸到日常兒女身分，準備上台中。父母要外出與拍片工作人員聚餐，家中只剩奶奶一個人留守，幾個人不停討論奶奶午餐該如何處理。

最後小戴拿起了機車鑰匙，二話不說穿起雨衣，外出幫奶奶買了幾份她愛吃的傳統小吃。回到家後，仍不急不徐地在客廳進進出出。我好奇問她不是要趕坐高鐵上台中參加聚會？她笑說根本沒約時間，反正幾點到就幾點到，只是因為自己經常在國外，這個聚會約了好久才終於約成。「我們是之前在左訓一起訓練的朋友，後來離開左訓，便沒再碰過面，現在只剩我還繼續走在運動這條路上，其它人都已經換跑道了。」走上職業運動這條路，不僅和朋友相處的時間少了，連家人相聚時光也短了。

小戴老家客廳牆上貼滿密密麻麻的剪報。我好奇逐一細讀，發現幾無近幾年報導，都是超過四、五年前的舊聞。這些全出自小戴八十五歲阿嬤的手，「現在阿嬤老了，沒再剪了，已經沒有人再收集更新了。」戴爸爸笑著說。剪報中有一則小戴的小故事。每年征戰世界各地的她，幾乎有三分之二的時間不在國內，每每整理行李時，她最優先想到處理的不是球具，而是從小至今，睡覺抱的一顆抱枕。小時候她常抱著媽媽幫她買奶粉時送的抱枕，像許多人小時候的安心被；某年，那抱枕被媽媽丟了，嬰兒期的小戴隨便找了個代替，從此便一路陪伴至今。

我好奇問她，都沒有出國忘記帶的經驗嗎？一旁平常話少的戴媽媽難得吐嘈：「她才不會咧。每次要出國的前一晚，她整理行李的第一件事，一定是先把抱枕放進行李。」

戴媽媽說起，有一次她看小戴睡著，把抱枕抱得緊緊的，忍不住好奇，伸手將抱枕轉個方向，「沒想到她立刻順手將抱枕轉回原本的方向。」一旁的小戴聽了翻起白眼，補充說：「對啊，超白目的，換方向我一定會知道啊。」即便如此，這顆征戰到哪從未離身的抱枕，對小戴來說，就像家人不管到哪都始終陪著她一樣，支持著她在場上的表現。

如同戴爸爸常對媒體透露，小戴從小跟在爸媽身邊一起打球，但不愛練球；如今站上世界頂尖舞台，開始努力「逆向學習」，補足兒時不愛練球而相對缺乏的「基本功」。不管再怎麼辛苦，家人的愛始終陪伴在小戴身邊，就像那顆安心抱枕，讓她有繼續努力進步的動力。

成為世界球后，日子還是一如往常，該吃的苦只會因為這個頭銜而加重，不會減少。

小戴登上世界球后後，我問她當下心情是什麼。「沒什麼特別感覺，只是以後個人介紹履歷上比較好看而已。」小戴如此淡然地回應。

媒體始終緊盯關心著小戴蟬連世界球后的時間紀錄，小戴也總以相同態度，不厭其煩地重申排名對她而言只是個數字，自己只想專注打好眼前每場比賽。對運動選手而言，勝負之外，更重要的往往是過程自己是否滿意，畢竟，比賽是為自己，而非別人。某回媒體問小戴是否會心急想拿個大賽金盃，好證明自己世界第一實至名歸，小戴堅定地反問：「這還需要證明嗎？」同時說明只要做好自己就好。

我們一生不也如此？無可避免地，總在各種身分、頭銜與光環之間轉換追逐，但這些都只是日常途中，短暫的過眼風景，而非終點目的地。即便奪下金盃，頒獎結束，隔天又是日復一日，辛苦訓練的開始；即便奪下球王球后寶座，也總有讓位、甚或離開球場那一日的到來——頭銜留在世人心中，平凡真實生活的點點滴滴，卻將永遠刻在球員心底。

我真的喜歡你現在的樣子，

我真的喜歡你這樣的任性，

有時千言萬語，有時不說一句，

我就是喜歡你現在的樣子。

黃韻玲

1993

攝影｜黃俊隆

FW：——2022

「不要輕易嘗試任何改變，改變你現在所有的一切，以為我能再多愛你一些；不要懷疑自己，屬於你的一切都是美麗……」

小玲老師在副歌這樣接續唱著。每當自我懷疑，我總常想起過往的自己，對映現在的我，好像不是當時想要的樣子。但，我常隨之想起這首歌，然後在音符裡得到安撫與安頓。

後記

人稱與時態 Last Dance

How have you been recently? 他們常問起，你最近好嗎？

上週末，細雨綿綿，即將入秋的台北夜晚，我去看了一場演唱會。出乎預料，身旁滿是大學生或初入社會小妹妹，突然，我覺得自己老了，忘了最後一次看他的演唱會究竟是什麼時候。儘管來到所謂大叔的年紀，我依然可以和滿場年輕人一同蹦跳嘶吼整晚。但，看著整晚滿場歌迷，將小巨蛋當成ＫＴＶ，不時帶著各式時下年輕人流行手勢大聲嘶喊唱跳，我好奇，這些歌不是我的青春的成長配樂嗎？何以他們竟比我更倒唱如流？究竟，我是什麼時候開始不若年少時那般瘋狂著迷他的音樂；她們又是從何時開始接棒，聽起他的歌來？——據說，是某年，某偶像劇，讓一首十幾年前的冷門歌突然大紅，年輕世代開始喜歡上這位已出道屹立超過三十年的台灣搖滾巨星。說來，這也算某種世代交替吧。

他是伍佰，那首歌叫〈Last Dance〉，這場因疫情一延再延的 Rock Star 演唱會，伍佰說，他唱的不是情歌，是人生——而關於人生，究竟有多少突如其來，或早有預期的 Last Dance？

Roger Federer has done his last dance. 費德勒完成了他生涯最後出賽。

同個週末，費德勒在倫敦O2場館舉行的 Laver Cup 無數次真情流露、激動落淚，完成他職業生涯引退賽。關於他引退的影片、報導淹沒了我的社群媒體渠道。即便早在十天前，費德勒便突然無預警地在官媒宣告這震驚消息，直到這天真正到來，所有人看著費德勒數度激動難忍的淚水，以及二十幾年來場上奮戰的精彩回顧畫面，在來來去去的時光長河中反覆穿梭，少有人能忍得住不流下那麼幾滴「時代的眼淚」。這樣的情緒，那些流逝的青春時光，場內場外，沒有人比費德勒的長年對手兼摯友的納達爾更刻骨銘心、百感交集了。好幾度，這位大家習慣稱呼「蠻牛」，小費德勒五歲、多了兩座大滿貫金盃的球王，哭得比費德勒更為激動、無法自己。當台下的納達爾，望著費德勒站在場中接受滿場數萬人起立致敬，眼眶中不斷湧現淚水的同時，腦海中浮現的——是昔日與費德勒一同場上拚戰的記憶，還是，未來，再沒有費德勒的網壇，他的這一天也終將到來？

An important part of my life is leaving. 我人生重要的一部分，終將隨之遠去。

納達爾在賽後記者會如此解釋——我人生重要的一部分也將隨之遠去——是不是你的人生也有那些瞬間，覺得往日種種將就此隨風而逝？意識到我的青春歲月就此遠離，應該是二〇二一年，十月廿一日，松坂大輔的職業生涯引退賽。

這天，他重披西武球衣，穿起昔日王牌投手背號十八號。最終只投了五球，最快投速一百一十八公里，四壞球保送橫濱高校晚輩近藤健介。松坂露出苦笑，帶著幾許歉意走下投手丘。我從未想過將有這麼一天——髮鬢斑白的松坂，中指已完全失去知覺，任憑他再怎麼用力催球速，最終也只能來到一百一十八。時光無情，引退當天，一向好勝逞強的松坂，也只能接受即便身為「平成怪物」，終得回歸平凡。

「我一直都想把這些批評當成動力，只是到最後，我還是承受不住了。」在引退記者會上，松坂邊流下英雄淚，邊坦承自己最終還是敗下陣來。

松坂的引退，不僅象徵著所謂松坂世代（包含同期出道的杉內俊哉、新垣渚、和田毅等強投）的結束，也是我青春歲月的告別。松坂大輔引退後不久，大威廉絲、費德勒，一一帶著我的青春記憶離開球場，未來仍有無數的 Last Dance，向你迎面而來。

I have been thinking about you recently. 最近，我經常想起你。

從英文語言文化的角度，我們或許更能清楚分辨、意識時間的來往流逝，如同我的英文寫作老師謝金蓉常提醒學生，不管是簡單式或完成式，同學們最熟悉，但若能善用，其實可以讓句子更為漂亮的是進行式——無論是簡單過去、現在、未來進行式；或者，過去完成、現在完成、未來完成進行式。多數時候，時間，畢竟是線性，而非明確單點。即便事情已完成結束，經常仍是完成進行式，因為它不只指向過去，也一點一滴牽引著未來。同時，在嚴謹的論文寫作裡，人稱更是至關重要——誰做都可以，是不是你做並不重要時，應該把事情當主詞，而非任何人稱；偶爾，在嚴肅的寫作裡，適度加入第二人稱的你，可增加與讀者的互動，拉近距離。

我常想，許多時候，我們所談論的他人，其實，最終，不也都連結指向自己？

The appreciation of my past self. 有時候我會想起你，然後想起自己。

時光長河，潮來潮去；那些人，那些事；那麼遠，那麼近。

這本書是我在多年後，重新挑選編潤我過往曾公開發表過之作品。再度與這些故事相遇，常常，我分不清其中主角究竟是誰、第幾人稱，但顯然，極少是「第一人稱單數」，更常是你（們）、他（們）。是這些人，帶我回望歲月印記，對映出時光流逝後，現在的自己。原以為，早在我當初寫下他們時已是Last Dance，但藉由重整出版過程，我才恍然明白——那些當下以為的最後一支舞，其實是Last Dancing ——舞仍持續跳著，如同伍佰的〈Last Dance〉，歷經世代更迭，當代青春年少更加忘我熱舞跳著。時光晃晃，悠悠飄流，過往許多時光裡的那些人，仍伴隨著我們向前，未曾離開；那些「你」，仍等待著我們在日常隙縫中，偶然被想起。

感謝與本書有關的所有人，當然包含讀者你，希望藏在你記憶角落的那些你，也隨著這本書被溫柔喚起。

——黃俊隆

2022.09.29

………

你和我　偷偷放下如果

不再做夢　不再數雲朵　不過問走散的理由

卻聽見　心裡頭喋喋不休

你還是你吧　我還是我

……

風不停帶走　風沒有盡頭　而我不再逗留

你依然是你　我不再是我　而我鬆開手

黃俊隆
2022

FW：——2022

《有時候我會想起你，然後想起自己》同名單曲
Lyrics｜黃俊隆、白淩
Composition｜白淩
Vocal｜白淩
Producer｜黃俊隆

Likely Coming Soon. Please follow #有時候我會想起你然後想起自己

發表索引

註：所有文章皆於二〇二二年本書出版前進行必要之微幅修改。

〈二十九歲的夾娃娃機〉，《印刻文學生活誌》二〇一五年三月號，「不難」專欄

〈手臂上的刺青〉，《印刻文學生活誌》二〇一四年二月號，「不難」專欄

〈十七歲的地下道〉，《印刻文學生活誌》二〇一四年六月號，「不難」專欄

〈時間靜止的那天〉，《印刻文學生活誌》二〇一四年四月號，「不難」專欄

〈戴上耳機，好好聽音樂〉，《印刻文學生活誌》二〇一五年七月號，「不難」專欄

〈中年大叔困境〉，《印刻文學生活誌》二〇一四年十二月號，「不難」專欄

〈人生與棒球場上的殘念〉，《印刻文學生活誌》二〇一五年五月號，「不難」專欄

〈永遠的美國隊長的登場與謝幕〉，《大誌 The Big Issue》，二〇一七年八月號，「記得那一場比賽」專題

〈春天的棒球賽〉，《印刻文學生活誌》二〇一五年四月號，「不難」專欄

〈人生減法練習〉，《印刻文學生活誌》二〇一五年二月號，「不難」專欄

〈再見，木棉道〉，《中國時報》二〇〇七年四月廿四日，人間副刊

〈留在味蕾的想念〉，為〈炸排骨〉、〈紅豆湯〉、〈三杯奶茶〉三文改寫構成；分別刊載於《中國時報》二〇〇五年十一月廿三日，人間副刊「野宴——上菜」專題、《中國時報》二〇〇六年十一月廿一日，人間副刊版，「野宴二〇〇六」專題、《中國時報》二〇〇七年十一月九日，人間副刊「野宴二〇〇七」專題

〈人生最美的風景〉，《中國時報》二〇〇七年九月廿四日，人間副刊「秋天最前線」專題

〈到處存在的魷魚遊戲，到處不存在的我〉，《印刻文學生活誌》二〇二一年十二月號

〈旅人的全新身分〉，《印刻文學生活誌》二〇一四年五月號，「不難」專欄

〈丟掉地圖與地鐵　用雙腳旅行〉，《聯合報》二〇一四年七月十九日，繽紛版「On my way to」專欄

17 〈旅行蒐集癖〉，《印刻文學生活誌》二〇一四年九月號，「不難」專欄

18 〈中央公園棒球場〉，《印刻文學生活誌》二〇一四年八月號，「不難」專欄

19 〈台北・紐約，兩段航行〉，《印刻文學生活誌》二〇一四年十一月號，「不難」專欄

20 〈三十歲女生的快樂宣言〉，《印刻文學生活誌》二〇一五年八月號，「不難」專欄

21 〈巴黎的偏見〉，《印刻文學生活誌》二〇一四年十月號，「不難」專欄

22 〈旅行的記憶〉，《印刻文學生活誌》二〇一五年十月號，「不難」專欄

23 〈一句未說出口的髒話〉，《印刻文學生活誌》二〇一五年九月號，「不難」專欄

24 〈旅行中的思念〉，《印刻文學生活誌》二〇一四年七月號，「不難」專欄

25 〈跳蚤市場的最後告別〉，《聯合報》二〇一四年五月十日，繽紛版「On my way to」專欄

26 〈紐約的雪，我的鄉愁〉，《印刻文學生活誌》二〇一四年三月號，「不難」專欄

27 〈在京都，尋找遠道而來的風景〉，《聯合報》二〇一四年五月十九日，繽紛版「On my way to」專欄，原題為〈臨走前，終於提起勇氣，〉

28 〈波希米亞年代——那些流浪漢偷不走的時光〉，《自由時報》二〇一四年一月廿七、廿八日，自由副刊

29 〈勇敢說再見〉，《聯合報》二〇一二年七月十二日，繽紛版「青春名人堂」專欄，原題為〈練習勇敢說再見〉

30 〈陪自己旅行〉，《聯合報》二〇一二年七月廿六日，繽紛版「青春名人堂」專欄，原題為〈練習一個人旅行〉

31 〈球場人生，人生球場〉，《聯合報》二〇一二年八月九日，繽紛版「青春名人堂」專欄，原題為〈球場上，練習在一起〉

32 〈在自己的天空裡飛翔〉，《聯合報》二〇一二年八月廿三日，繽紛版「青春名人堂」專欄，原題為〈練習在自己的天空裡飛翔〉

33 〈練習找自己〉，《聯合報》二〇一二年九月六日，繽紛版「青春名人堂」專欄

34 〈有些事，不知道就算了啦〉，《聯合報》二〇一二年九月廿日，繽紛版「青春名人堂」專欄，原題為〈有些事，不知道就算了啦——那些勵志書教我的事〉

35 〈不能沒有禮物的旅行〉，《誠品提案》，二〇一二年十二月號

〈異鄉人的雙眼〉，天下《換日線》網站，二〇一七年三月廿日

〈長大後，喜歡大的月亮〉，《聯合報》二〇一二年十月三日，繽紛版「青春名人堂」專欄

〈為自己綻放一束花，不為一棵樹〉，《聯合報》二〇一二年十月十八日，繽紛版「青春名人堂」專欄，原題為〈練習為自己綻放一束花〉

〈我那遊唱異鄉街頭的生活詩人朋友〉，《聯合報》二〇一一年六月九日，繽紛版，原題為〈我那遊唱異鄉街頭的朋友〉

〈哪裡都可以是家〉，《聯合報》二〇一二年十一月一日，繽紛版「青春名人堂」專欄，原題為〈練習搬家〉

〈記住你青春無畏的樣子〉，《中國時報》二〇一一年八月二日，政治新聞版「台灣潛力一百」專題，原題為〈我曾想媚俗出版，直到找回堅持〉

〈從臉書起身離開〉，《聯合報》二〇一二年十二月十三日，繽紛版「青春名人堂」專欄，原題為〈練習離開臉書〉

〈在旅途中尋找i〉，《聯合報》二〇一一年十月十九日，繽紛版「On my way to」專欄

〈相信你自己〉，《聯合報》二〇一二年一月四日，繽紛版「On my way to」專欄，原題為〈相信你自己——廣告中的自我追尋〉

〈當世界球后回到家鄉〉，《風傳媒》網站，二〇一六年十一月三十日

有時候我會想起你，然後想起自己 / 黃俊隆作. -- 一版. -- 臺北市：時報文化出版企業股份有限公司, 2022.10

面； 公分. -- (新人間；371)

ISBN 978-626-353-071-3(平裝)

863.55 111016660

ISBN 978-626-353-071-3
Prited in Taiwan

新人間 371

有時候我會想起你，然後想起自己

作者—黃俊隆
編輯—黃俊隆、劉佳旻
編輯協力—謝翠鈺
企劃—陳玟利
裝幀暨美術設計—林銀玲

董事長—趙政岷
出版者—時報文化出版企業股份有限公司
108019 台北市和平西路三段二四〇號七樓
發行專線—（〇二）二三〇六六八四二
讀者服務專線—〇八〇〇二三一七〇五
（〇二）二三〇四七一〇三
讀者服務傳真—（〇二）二三〇四六八五八
郵撥—一九三四四七二四時報文化出版公司
信箱—一〇八九九 台北華江橋郵局第九九信箱

時報悅讀網—http://www.readingtimes.com.tw
法律顧問—理律法律事務所 陳長文律師、李念祖律師
印刷—勁達印刷有限公司
一版一刷—二〇二二年十月二十八日
定價—新台幣五二〇元
缺頁或破損的書，請寄回更換

時報文化出版公司成立於一九七五年，
並於一九九九年股票上櫃公開發行，於二〇〇八年脫離中時集團
非屬旺中，以「尊重智慧與創意的文化事業」為信念。

3